C. de KIRWAN

(Jean d'Estienne)

COMMENT FINIRA L'UNIVERS

ESSAI D'ESCHATOLOGIE SCIENTIFIQUE

Extrait de la *Revue des questions scientifiques*, juillet 1893.

BRUXELLES

SOCIÉTÉ BELGE DE LIBRAIRIE
Oscar Schepens, Directeur
16, RUE TREURENBERG, 16

IMPRIMERIE
POLLEUNIS & CEUTERICK
37, RUE DES URSULINES, 37

1893

COMMENT FINIRA L'UNIVERS

C. DE KIRWAN

(JEAN D'ESTIENNE)

COMMENT FINIRA L'UNIVERS

ESSAI D'ESCHATOLOGIE SCIENTIFIQUE

Extrait de la *Revue des questions scientifiques*, juillet 1893.

BRUXELLES

SOCIÉTÉ BELGE DE LIBRAIRIE
Oscar Schepens, Directeur
16, RUE TREURENBERG, 16

IMPRIMERIE
POLLEUNIS & CEUTERICK
37, RUE DES URSULINES, 37

1893

COMMENT FINIRA L'UNIVERS

ESSAI D'ESCHATOLOGIE SCIENTIFIQUE

On a beaucoup écrit sur l'interprétation des premiers chapitres de la Genèse et sur le plus ou moins de concordance des théories scientifiques aujourd'hui admises avec les phénomènes cosmologiques cités par la Bible ou auxquels il est fait allusion dans le Livre inspiré, principalement en ce qui concerne les origines de l'univers (1). On s'est moins occupé, à ce point de vue, des prédictions contenues dans les saintes Écritures au regard de la fin des temps.

Les rapprochements sont, à la vérité, beaucoup plus difficiles en cet ordre de faits. Les textes qui se rapportent aux derniers jours de l'humanité sont obscurs, peut-être plus métaphoriques encore que ceux qui racontent la création ; ils sont d'ailleurs relativement rares, et les interprètes ne sont pas toujours d'accord sur le sujet de leur application, les uns rattachant en partie à la fin du monde ce que d'autres attribuent exclusivement à la destruction de Jérusalem, par exemple.

(1) Nous-même avions essayé de traiter cette question dans ce recueil et sous ce titre *Comment s'est formé l'Univers*, en quelques articles parus dans les livraisons d'avril, juillet et octobre 1877, t. I et II de la collection, et qui avaient été réunis ensuite en un volume in-12 aujourd'hui épuisé.

D'autre part, les conclusions auxquelles les récentes découvertes de la science ont permis aux savants d'arriver, ne sont pas toujours très précises, et se tiennent encore, au moins en une certaine mesure, dans le champ de généralités vagues et lointaines.

Il est possible, cependant, d'établir sinon une concordance parfaite, — laquelle serait très prématurée sans être même actuellement désirable, — entre les prédictions eschatologiques et les prévisions de la science, du moins un certain accord, direct quant aux vérités d'ordre tout à fait général, et tout au moins négatif si l'on descend dans le détail.

Nous voudrions tracer une sorte d'esquisse de cet accord analogique, en nous appuyant principalement sur la partie scientifique d'un ouvrage récemment paru et où l'avènement des derniers temps est envisagé à tous les points de vue (1). La sûreté de doctrine de l'auteur nous sera d'un ferme appui pour éviter tous risques d'erreur ou de témérité en ce qui touche à l'interprétation des textes sacrés.

I

AFFIRMATIONS, PRÉVISIONS ET CONJECTURES DE LA SCIENCE.

Rappelons à grands traits ce que la science affirme, ce qu'elle pressent et ce qu'elle peut reconnaître comme scientifiquement possible, quoique d'ailleurs non prévu.

Il y a d'abord la grande loi de la conservation de la matière, ou de la masse et de l'énergie, due aux constatations de Lavoisier pour la première, et, pour la seconde, aux travaux des Meyer, des Joule, des Hirn, etc. Cette loi est complétée par celle de la marche de l'énergie vers un état déterminé, vers un état limite et d'équilibre stable

(1) *Le Règne du Christ, l'Église militante et les derniers temps*, par M. l'abbé Thomas, vic. gén. de Verdun. In-8° de vi-333 pp. 1892, Bloud et Barral.

et final; elle a été formulée par Clausius et Lord Kelvin (plus connu sous l'appellation de sir William Thomson), et magistralement exposée naguère ici-même, en octobre 1878 (1), par le fondateur à jamais regretté de ce recueil, le savant P. Carbonnelle.

Il résulte de ces lois que l'univers ne se meut pas dans un cycle éternel; mais il subit une évolution qui a eu un commencement, traverse ou traversera une période de plénitude ou de maturité que suivra celle du déclin et, finalement, un état dernier comparable à la mort.

Cette vérité est, d'autre part, directement démontrée par l'observation. L'analyse spectrale appliquée aux multitudes de soleils qui peuplent le firmament permet d'évaluer leur âge relatif : un certain nombre d'entre eux, ne formant sur l'ensemble qu'une minorité, nous voulons parler des étoiles colorées et variables, donnent des signes ici avant-coureurs, là certains, de divers degrés de déclin, de décadence et de vieillesse ; les autres, au contraire, c'est-à-dire la grande majorité, accusent la période du plein développement, de ce qu'on pourrait appeler, par comparaison avec l'humanité, la force de l'âge. De celle-ci aux signes de la vieillesse et jusqu'aux dernières convulsions qui précèdent l'extinction totale, les astronomes ont pu reconnaître les intermédiaires successifs.

Deux conséquences se dégagent de ces faits : l'une, c'est que l'univers cosmique a eu un commencement, puisque une partie des astres qui le composent approchent de leur fin, conclusion à laquelle nous étions arrivés déjà par une autre voie ; l'autre, que le peuplement des espaces sidéraux a été simultané pour la plus grande part, puisque la majorité des étoiles accuse un âge sensiblement égal, une époque de formation à peu près contemporaine, en

---

(1) Rev. des quest. scient., t. IV, pp. 581 et suiv.; et *Les Confins de la science et de la philosophie*, t. I, chap. v, 1881, Paris, Palmé, par le R. P. Carbonnelle.

prenant toutefois cette contemporanéité dans une acception très large (1).

Un autre fait considérable, reconnu et constaté par la science de nos jours, c'est que la vie procède toujours de la vie, *omne vivum ex vivo,* l'hypothèse des générations spontanées étant renversée et condamnée sans appel par les mémorables travaux de M. Pasteur, confirmés par les expériences de Schultze, de Schwann, de Milne-Edwards, et les observations des Payen, des Quatrefages et des Dumas. Or notre globe n'a pas toujours été dans l'état où nous le voyons. La géologie et la géogénie ont reconstitué son histoire, laquelle se relie à la cosmogonie générale. Primitivement petit soleil, issu, mais dans une proportion relativement infime, de la même nébuleuse que le grand Soleil qui aujourd'hui l'éclaire, l'échauffe et la vivifie, la Terre lumineuse et resplendissante s'est refroidie dans un délai comparativement court, en raison même de l'exiguité proportionnelle de ses dimensions. Durant de longs siècles, elle a roulé dans les cieux, étoile éteinte, mais trop brûlante encore pour que la vie pût prendre pied à sa surface ; puis, à la suite des innombrables précipitations atmosphériques qui, peu à peu, rafraîchirent la croûte solide toute pénétrée encore de la chaleur du foyer intérieur, la vie commença à s'implanter sur elle sous la forme des premiers végétaux, ensuite des premiers animaux. Voilà ce que révèle la science de nos jours. La vie a donc eu un com-

(1) Cf. H. Faye, de l'Institut, *Sur l'origine du monde,* 2ᵉ éd., pp. 198 et suiv., et chap. XIII, 1885, Paris, Gauthier-Villars. — La proportion des étoiles tout à fait blanches, telles que Sirius, Altaïr (α) de l'Aigle, Véga (α) de la Lyre, est de 60 p. c. du nombre total des étoiles ; celle des étoiles jaunes, telles que notre Soleil, Aldébaran du Taureau, Arcturus du Bouvier, est de 35 p. c. Ce sont les étoiles qui, de la pleine force de l'âge, commencent à passer aux premiers symptômes du déclin. Avec les étoiles blanches, elles forment donc 95 p. c. du total. Il reste les étoiles rougeâtres, comme Bételgeuse d'Orion, α d'Hercule, etc., et les étoiles d'éclat variable, dont l'état accuse une fin prochaine ; leur proportion est de 5 p. c. seulement, sur l'ensemble. Tout le reste, soit l'immense majorité, est encore à l'état de pleine maturité ou commence seulement à s'en éloigner.

mencement sur notre sphéroïde ; et ce commencement ni n'a été fortuit ni n'a pu être spontané, de l'aveu même, implicite et involontaire, il est vrai, de l'un des pontifes de la science matérialiste et athée, le professeur Haeckel, d'Iéna ; car d'après lui il faut, si l'on repousse la génération spontanée, admettre le miracle (1). Pareillement elle y aura une fin, et même bien des milliards de siècles, probablement, avant que l'ensemble de l'univers atteigne l'état limite d'équilibre final signalé tout à l'heure ; car, bien longtemps auparavant, dans vingt ou trente millions d'années au plus, notre Soleil encroûté et refroidi aura cessé d'envoyer à la Terre la somme de chaleur nécessaire pour la vivifier ; bien avant même ce refroidissement de l'astre qui nous éclaire, notre sphéroïde aura cessé d'être habitable pour l'homme et les grands mammifères, du fait de l'arasement des continents et des îles au niveau de l'océan, par suite de l'érosion, sur leurs rives, de la mer, et surtout des cours d'eau (2).

Ainsi l'ensemble de l'univers n'a pas toujours existé, et il ne subsistera pas toujours ; ainsi la vie n'est apparue sur notre globe que longtemps après sa formation, et elle disparaîtra avant qu'il ne disparaisse lui-même ; enfin, de l'aveu même d'un des princes de la science athée, il n'y a pas de milieu, pour expliquer l'origine de la vie sur la Terre, entre l'intervention divine, l'action créatrice, et la

(1) Ce fougueux champion de la théorie des effets sans cause soutient, on ne l'ignore pas, la génération spontanée envers et contre tout, en dépit de toute expérience contraire, parce que " qui ne croit pas à la génération spontanée admet le miracle. „ La génération spontanée " est une hypothèse nécessaire, et qu'on ne saurait ruiner par des arguments à priori *ni par des expériences de laboratoire*. „ (Discours prononcé à Paris, le 29 août 1878, et cité par M. Émile Ferrière dans un méchant opuscule intitulé : *Le Darwinisme*.) " Qui ne croit pas à la génération spontanée admet le miracle „, c'est-à-dire l'intervention divine ; et le professeur d'Iéna préfère tomber dans l'absurde plutôt que de reconnaître cette intervention. Son aveu involontaire n'en est pas moins bon à retenir.

(2) M. de Lapparent, *La Destinée de la terre ferme et la durée des temps géologiques*, mémoire lu au Congrès scientifique international des catholiques, session de 1891, et reproduit par la REVUE DES QUEST. SCIENT. de juillet, même année.

génération fortuite, spontanée, sans cause, aussi bien renversée par la raison et le bon sens que par l'expérience et l'observation scientifique (1).

De ces diverses conclusions, déduites par le raisonnement scientifique de faits scientifiquement observés, les unes sont rigoureusement établies et d'une certitude telle qu'il est impossible de les combattre sans tomber dans l'absurde. Ainsi de la non-éternité de l'univers, ainsi de l'apparition de la vie sur le globe, et celle-ci à une époque relativement récente si on la compare aux durées qui l'avaient précédée. Les autres, sans offrir un degré de certitude absolue, revêtent cependant des caractères de vraisemblance assez grands pour équivaloir à ce qui, dans les habitudes courantes, est considéré comme assuré ou tout au moins très probable.

(1) On a bien essayé d'expliquer l'apparition de la vie sur la terre par la chute de germes plus ou moins uniformément répandus dans les espaces intersidéraux. Un savant allemand, M. J. Scheiner, astronome à l'observatoire de Postdam, a publié là-dessus, dans la revue *Himmel und Erde*, un mémoire dont le journal l'*Astronomie* a donné une traduction abrégée, dans sa livraison de juin 1891. Mais cette explication n'explique rien et d'ailleurs ne supporte pas l'examen. Elle n'explique rien ; car, en admettant la supposition, absolument irréalisable, nous verrons pourquoi, de germes vitaux répandus dans l'espace et qui viendraient éclore sur les planètes, encore faudrait-il expliquer d'où viennent ces germes et comment ils se trouvent là, l'auteur constatant lui-même que l'univers n'a pas toujours existé. Nous disons en outre qu'une telle hypothèse ne supporte pas l'examen. En effet, le froid des espaces intra-stellaires en dehors de la sphère d'action échauffante de chacun d'eux est représenté par — 270° ou —273° C. C'est ce qu'on appelle le zéro absolu. Dans un tel milieu, tout corpuscule vivant, tout être organisé serait fatalement tué, si même ses éléments n'étaient, sous l'empire de ce froid excessif, dissociés comme sous l'action des hautes températures. De plus, au zéro absolu, correspond, en thermodynamique, la cessation complète des mouvements moléculaires. Les écoles matérialistes ne peuvent donc expliquer la formation de cellules ou de germes vivants par rencontres fortuites d'atomes dans les espaces intra-stellaires, puisque ces atomes n'y auraient point de mouvement. Enfin, par cela même qu'ils seraient organisés ou capables d'être animés, ces germes, si ténus qu'on les suppose, seraient pondérables. Or, d'après Hirn et M. Faye, s'appuyant sur des calculs rigoureux, il est impossible d'admettre l'existence d'une matière pondérable quelconque, si raréfiée soit-elle, comme milieu interplanétaire ; il en résulterait, dans les mouvements des planètes, une perturbation telle que le rayon de leurs orbites en serait progressivement diminué, ce qui amènerait finalement leur chute dans le Soleil. — Ainsi donc, à aucun point de vue, la réalité d'une sorte de panspermisme ntersidéral ne peut être admise un seul instant.

L'extinction, par exemple, de la vie sur la Terre par le froid, forme la conclusion du magistral *Traité de géologie* de M. de Lapparent, publié pour la première fois en 1883 et déjà devenu classique (1). « Le progrès de l'émersion des terres boréales, lit-on à la dernière page, paraît destiné à étendre de proche en proche l'influence des glaces polaires. Le Soleil, dont la condensation est déjà très avancée, ne trouvera bientôt (2) plus, dans le rétrécissement de son diamètre, une source suffisante pour l'entretien de sa chaleur ; et, à sa surface, apparaîtront de larges taches, destinées à se transformer en une écorce obscure. Le jour où l'extinction de l'astre central sera consommée, nulle réaction physique ou physiologique ne pourra plus s'accomplir sur notre Terre, alors réduite à là température de l'espace et à la seule lumière des étoiles. Mais peut-être, avant d'en arriver là, aura-t-elle déjà perdu ses océans et son atmosphère, absorbés par les pores et les fissures d'une écorce dont l'épaisseur doit s'accroître chaque jour. »

Avant même d'être réduite à la condition d'astre mort par l'absorption à l'intérieur de son atmosphère et de ses eaux, notre globe, on l'a indiqué plus haut, sera déjà devenu un séjour inhabitable pour l'homme et les autres représentants de la vie terrestre, par le ravalement des montagnes, des plateaux et des moindres rivages, au niveau même des mers. On connaît la surface des terres, îles et continents, émergés au-dessus de l'océan ; on a pu, par la comparaison de leurs diverses altitudes, calculer leur volume. On est parvenu enfin à déterminer, d'une

(1) Une 3ᵉ édition de ce magistral ouvrage est actuellement en cours de publication.

(2) Ce mot ' bientôt , doit être entendu dans le sens géologique, ou mieux encore cosmogonique, non pas dans l'acception qu'il a relativement aux fugitifs instants de l'éphémère vie humaine. 'Bientôt , est ici relatif aux milliers de milliers de siècles qui ont dû s'écouler depuis que les premières nébuleuses ont commencé à émettre dans le vide ténébreux des lueurs naissantes, jusqu'au complet achèvement de la constitution de notre système solaire, couronnée par l'apparition de l'homme sur la terre.

manière suffisamment approximative, la portion de ce volume qui, chaque année, par l'action des eaux pluviales, des glaciers, des torrents et des fleuves, comme par l'érosion des mers contre les côtes, est entraînée au fond de celles-ci. De là il n'y a qu'un pas à préciser le nombre d'années nécessaire pour que, d'après la manière dont les choses se passent sous nos yeux, et en supposant qu'aucun changement important n'intervienne dans la marche de l'univers, le globe terrestre soit réduit à l'état d'une grande lagune sphérique, où partout le sol serait mélangé avec l'eau, réalisant la plaisante prédiction d'Alfred de Musset qui, sans nul doute, ne se croyait pas si bon prophète :

> Et le globe rasé, sans barbe ni cheveux,
> Comme un grand potiron roulera dans les cieux (1).

Ce nombre d'années serait de quatre millions et demi environ. La surface totale des terres émergées étant de 145 000 000 de kilomètres carrés ; leur altitude moyenne, d'après les calculs de MM. John Murray, Penck, Tillo, etc., équivalant à un plateau de 700 mètres de hauteur supramarine ; enfin la différence de niveau entre le plateau moyen abaissé et la surface de l'eau exhaussée, étant *annuellement* de 153 millièmes de millimètre ; — on aura le nombre d'années cherché en divisant 700 par la fraction 0^m.000 153, soit 4 575 000 ans (2), ou, plus simplement, quatre millions et demi d'années.

Il importe de noter que ce chiffre a été calculé dans des conditions qui en font, non pas une donnée ferme, mais bien un maximum. En sorte qu'il ne serait pas exact d'assigner à l'anéantissement fatal des continents actuels un

(1) *Poésies nouvelles*. Dupont et Durand.
(2) Cf. le mémoire cité plus haut de M. de Lapparent. La couche solide enlevée annuellement au plateau moyen uniforme de 145 000 000 k^2., est évaluée par les savants susnommés à onze centièmes de millimètre (0^m.00011). En s'étalant sur le fond des mers, beaucoup plus vaste que la surface des continents, cette couche l'exhausse de 11 252 de millimètre seulement. La somme de ces deux fractions donne le chiffre des 0^m.000 153 mentionné ci-dessus.

délai fixe de quatre millions ou quatre millions et demi d'années; mais il faut dire que, dans l'hypothèse où les choses continueraient à se passer comme elles se passent actuellement, quatre millions et demi d'années ne se passeront pas sans que cet arasement du sol au niveau des mers ne soit réalisé, pouvant d'ailleurs l'être plus tôt.

Cette uniformité des phénomènes actuels se maintiendra-t-elle durant de semblables séries de siècles ? La science, croyons-nous, n'a, jusqu'ici, aucun moyen de le pressentir. Mais, en dehors du champ des prévisions, il y a celui des possibilités ; rien n'oblige, sans doute, à présager celles-ci, mais rien non plus n'empêche scientifiquement de les reconnaître. Un savant, qu'il ne faudrait pas suivre toujours dans les envolées de sa riche et féconde imagination, mais dont on ne saurait d'ailleurs méconnaître le mérite quand il se borne à faire de la science pure, envisage, dans une revue, l'éventualité de la fin du monde (de notre monde terrestre) *par accident*.

« La Terre, dit-il, n'a pas cent mille ans (1), et elle peut vivre des millions d'années. Mais aussi, elle pourrait bien mourir d'accident. » Et il énumère dix ou douze variétés d'accidents destructeurs possibles, quoique de vraisemblance inégale ; on pourrait les classer comme étant, les uns d'ordre intérieur ou tellurique, les autres d'ordre extérieur ou cosmique. La perte de l'oxygène de notre atmosphère ou de cette atmosphère tout entière, l'éclate-

---

(1) Il y a ici une erreur ; le chiffre de cent mille ans est trop fort ou trop faible. Trop fort, si l'auteur veut parler de la Terre en tant qu'habitée par l'homme. Les plus récentes supputations, faites par des savants de divers pays et sur des données différentes, tendent de plus en plus à réduire à un délai de douze à quinze mille ans au maximum la dernière grande extension des glaciers quaternaires, contemporaine de l'apparition de l'homme. D'autre part, s'il s'agit de la Terre considérée à partir de l'époque où les premières manifestations de la vie s'y sont produites, ce n'est pas de *cent mille* ans, mais de *cent millions* d'années qu'il faudrait parler. (Cf. De Lapparent, mémoire cité.) Il faudrait dire alors : "La Terre n'a pas un million de siècles et elle peut vivre des millions d'années. „

ment de la croûte terrestre sous une poussée gigantesque du feu intérieur ou son effondrement en un immense tremblement de terre, l'affaissement des continents sous l'océan recouvrant les terres émergées d'un nouveau déluge universel, voilà autant d'accidents d'ordre tellurique et regardés comme possibles, sinon comme vraisemblables, par notre savant. Or, un seul d'entre eux suffirait pour détruire ou transformer notre planète, en tout cas pour faire disparaître toute trace de vie sur elle.

Dans l'ordre cosmique, il en est bien d'autres encore.

Personne n'ignore que notre Soleil n'occupe pas un point fixe de l'espace. Comme toutes les étoiles brillantes par elles-mêmes, c'est-à-dire comme tous les autres soleils, il est animé d'un mouvement propre, dans lequel il entraîne tout son cortège de planètes, de satellites et d'astéroïdes. Il est absolument probable que sa trajectoire est une courbe fermée, une ellipse plus ou moins rapprochée du cercle; mais on en ignore le centre. Et même les astronomes n'ont pas encore pu déterminer la courbure de cette trajectoire; si vaste, si immense est la longueur de son rayon, que la portion d'arc qu'on en a pu mesurer ne diffère pas encore, suivant nos moyens d'investigation, d'une ligne droite. Tout ce qu'on peut savoir jusqu'ici, c'est que l'astre qui est pour nous l'astre-roi se dirige actuellement vers un point situé un peu au nord de l'étoile λ de la constellation d'Hercule (en 1800, AR. = 260° 58′, 8, ou 17^h 23^m 55^s, 2; DB. = 31° 17^m, 3) (1).

Il résulte de là que, depuis l'origine, les planètes, la Terre comprise, n'ont pas, dans leurs révolutions autour du Soleil, repassé deux fois par le même chemin. Elles décrivent, sous les apparences de courbes fermées, en

(1) D'après Argelander. Le même savant, confirmant et développant les données fournies par Herschell, estime que la vitesse de translation du Soleil dans l'espace est au moins égale à la vitesse de la Terre dans son mouvement de révolution autour du Soleil. (*Cours d'astronomie* de Ch. Delaunay et Alb. Lévy, 6ᵉ éd., p. 629.) On sait que cette dernière n'est pas inférieure à 106 000 kilomètres à l'heure.

réalité une série de tours de spire, écartés les uns des autres de tout le chemin parcouru, durant chaque révolution de la planète, par le Soleil dans son mouvement de translation. Bien des rencontres, pendant ce voyage à travers les immensités de l'espace et de la durée, sont donc possibles entre notre globe et tel ou tel objet sidéral circulant avec une vitesse plus ou moins grande ou de sens différent; chacune de ces rencontres pourrait amener la fin de notre planète sous une forme ou sous une autre. Par exemple le choc contre un globe de masse égale ou supérieure, fût-il obscur, produirait un dégagement de chaleur suffisant pour la volatiliser; si ce globe était un soleil incandescent, il la consumerait avant même le contact. La rencontre d'un essaim d'uranolithes, ou d'une très grande comète à noyau solide ou composée de gaz délétères, ou d'une nébuleuse formée de particules embrasées, ou d'un amas cosmique quelconque, suffirait à déterminer sur notre Terre des commotions violentes capables soit de l'anéantir, soit d'y détruire la vie en révolutionnant complètement sa constitution physique (1).

Intrinsèquement parlant, ces rencontres sont peu probables, par la raison que voici. Aucun corps n'est immobile dans l'espace. Lors donc que deux corps, de masses et de volumes égaux ou inégaux mais non disproportionnés, s'approchent simultanément d'un possible point de rencontre, la plus grande somme des chances est pour que leur attraction mutuelle soit en partie neutralisée et résolue dans leur résultante avec leur mouvement propre : l'effet produit serait alors le changement de direction de l'orbite, soit des deux corps si leurs masses n'étaient pas très différentes, soit du plus faible seulement dans le cas contraire. C'est ainsi qu'en 1770 la comète de Lexel, s'étant trouvée sur le passage de Jupiter, a vu le cours de sa trajectoire complètement changé sans qu'au-

(1) Cf. *L'Astronomie*, revue mensuelle, nᵒˢ de novembre 1892 et suiv., C. Flammarion.

cune perturbation ait été constatée, même dans les mouvements des satellites de la grosse planète. Des rencontres
de ce genre, quand il s'agit d'une petite comète surtout,
peuvent n'apporter aucun trouble sur la planète rencon
trée. Par exemple, la comète de Biéla, après avoir, en
1832 (29 octobre), coupé l'orbite terrestre sur un point
que la Terre n'a atteint que le 30 novembre suivant; après
s'être, à son retour en 1846, divisée en deux fragments,
nous a vraiment rencontrés le 27 novembre 1872, mais
entièrement morcelée et désagrégée, et ne manifestant sa
présence que sous la forme d'une multitude d'étoiles
filantes qu'on n'a pas évaluées à moins de cent soixante mille.
Nouvelle rencontre encore le 27 novembre 1886; mais
cette fois la pluie d'étoiles filantes était moins riche que la
première, un grand nombre de débris cométaires s'étant
sans doute égrenés le long de leur route. Également, dans
la matinée du 30 juin 1861, d'après les calculs des astronomes, la Terre a dû être plongée, sans même qu'on s'en
soit aperçu, dans les derniers effluves de la queue de la
grande comète de cette époque.

Mais toutes rencontres de comètes ne sont pas nécessairement inoffensives. D'ailleurs les chocs contre un objet
sidéral solide, pour être peu probables par la raison
donnée plus haut, ne sont cependant pas impossibles,
comme on le verra plus loin. Quant aux comètes, s'il en
est dont le noyau transparent semble être gazeux comme
leur chevelure et leur queue, c'est-à-dire comme leur
atmosphère, il en est d'autres dont le noyau se révèle
comme un corps solide ou une agrégation de corpuscules
de volumes divers. Si l'une de ces comètes venait à rencontrer la Terre, animée de même vitesse et en sens contraire, Laplace a calculé que l'axe de la Terre serait
brusquement changé, et que les mers abandonneraient
leur lit actuel pour se précipiter violemment sur le nouvel
équateur, détruisant tout sur leur passage.

On peut aussi supposer, sans invraisemblance, la ren-

contre de la Terre avec une comète du genre de celle de
1811. On sait que la tête de cet astre extraordinaire ne
mesurait pas moins de dix-huit cent mille kilomètres de
diamètre, soit plus de 140 fois le diamètre moyen de la
Terre (12 742^k), et que sa queue occupait une longueur de
176 millions de kilomètres, près de cinq fois (4,75) le
rayon de l'orbite terrestre. La vitesse d'une pareille comète
dans le voisinage de la Terre serait de 150 000 kilomètres
à l'heure, tandis que la vitesse de la Terre dans le même
temps est de 106 000 kilomètres. Si notre globe rencon-
trait une pareille comète se dirigeant en sens exactement
contraire, le choc serait donné par la somme de ces deux
vitesses, correspondant à 71 110 mètres par seconde. Dans
l'hypothèse la plus favorable, celle d'un noyau gazeux de
densité très faible et dont la résistance serait nulle, la
Terre n'emploierait pas moins de sept heures (6^{h}57^m) pour le
traverser avec cette vitesse plus que vertigineuse, laquelle
se compliquerait encore du mouvement de rotation de
notre planète sur elle-même. La première conséquence de
cette immersion dans le fluide cométaire serait une élévation de température suffisante pour enflammer notre
atmosphère, et cet incendie colossal « serait précédé,
dit M. C. Flammarion, de la plus gigantesque averse
d'étoiles filantes et de bolides qu'on ait jamais vue » (1).
Que serait-ce si le noyau, au lieu d'être à l'état de gaz
d'une ténuité extrême, était solide ou composé d'un amas
d'uranolithes massifs et plus ou moins volumineux! Mais,
même avec un noyau fluide, pendant sept heures consécutives, ou même davantage, car nous avons supposé nulle
la résistance de ce fluide et elle ne le serait pas, pendant
plus de sept heures consécutives il y aurait transformation
incessante de mouvement en chaleur. Tout flamberait,
tout se consumerait; il y aurait fin du monde terrestre par
le feu. Le même mode de dénouement se réaliserait par

(1) *Loc. cit.*, décembre 1892.

2

d'autres rencontres que celle d'une comète, par celle d'une nébuleuse, d'une nuée cosmique, voire d'un globe volumineux, planète errante, soleil éteint ou même brillant. D'ailleurs un tel incendie cosmique ne serait pas sans exemple dans les profondeurs des espaces intersidéraux.

L'an dernier, dans les premiers jours de février, l'apparition d'une étoile nouvelle fut signalée dans la constellation du Cocher, à environ deux degrés au sud de l'étoile χ de cette constellation, par $5^h25^m4^s$ d'ascension droite et $30°21'$ de déclinaison boréale. Elle était de cinquième grandeur et demie (1). On l'a retrouvée ensuite sur des clichés photographiques antérieurs, et l'on a pu constater qu'au commencement de novembre 1891 elle était inférieure à la onzième grandeur. Depuis lors son éclat a progressé jusqu'à atteindre, au 20 janvier, tout près de la quatrième grandeur (4,2), en oscillant autour de la cinquième. Puis elle a décru peu à peu jusqu'à descendre, en fin avril 1892, à la quinzième grandeur (2), et enfin à la seizième. Son maximum d'éclat, la rendant visible à l'œil nu, avait duré seulement trois mois, du 7 décembre 1891 au 6 mars suivant environ. On a conclu de ces variations d'éclat que, pendant la durée du maximum, cet astre avait été *cinquante mille fois plus lumineux* qu'au commencement et à la fin de son apparition.

Un phénomène tout à fait semblable a été constaté en 1876 pour une étoile temporaire observée dans la constellation du Cygne et, en 1866, pour un astre également transitoire apparu dans la Couronne boréale.

C'étaient là d'immenses incendies célestes. Comment se sont-ils allumés?

Plusieurs explications sont plausibles.

Un bolide gigantesque, planète courant aux dernières limites de la sphère d'attraction de son soleil, ou même quelque soleil éteint, vient à traverser un nuage cosmique,

---

(1) Cf. *L'Astronomie*, mars 1892, p. 93. — *Rev. des quest. scient.*, avril 1892, pp. 670-676; avril 1893, pp. 650-664.

(2) *L'Astronomie*, juin 1892, p. 225.

une de ces nébuleuses vagues, informes encore, dont les
centres d'attraction sont jusqu'à présent peu énergiques ;
aussitôt les particules de la nuée, violemment attirées, se
précipitent avec des vitesses croissantes à la rencontre du
bolide et y déterminent bientôt une conflagration générale. Ou bien encore deux corps semblables s'entre-
choquent avec une force représentée par le total de leurs
vitesses respectives. Dans l'un ou l'autre cas, en ce qui
concerne l'étoile temporaire du Cocher, les données
fournies par l'analyse spectrale ont permis de calculer que
les deux corps, bolide et nuée cosmique, ou bolide contre
bolide, se sont heurtés avec la vitesse effroyable de 900
kilomètres par seconde (1).

On pourrait encore admettre, d'après M. Huggins, le
rapprochement, sans rencontre proprement dite, de deux
soleils relativement faibles, se mettant à tourner autour
de leur commun centre de gravité et exerçant l'un sur
l'autre une attraction violente, provoquant sur tous les
deux des éruptions gigantesques et beaucoup plus con-
sidérables que celles que nous observons sur notre Soleil ;
ces éruptions, lançant tout autour de chacun des deux
astres des flammes énormes, les aurait enveloppés d'un
immense incendie. Il est clair que l'explication serait
également valable dans le cas où, les deux astres se
mettant, par suite de leur rapprochement, à graviter l'un
autour de l'autre, l'un seulement serait un soleil, l'autre
étant un corps opaque. Enfin un résultat analogue arriverait pour notre Terre si la rencontre avait lieu entre
notre propre Soleil et un autre astre de masse égale ou
approchée, ou un nuage cosmique ; ou si, d'une manière
plus générale, par une cause cosmique quelconque, le
Soleil qui nous éclaire et retient la Terre dans son orbite
venait à voir sa température s'élever en quelques semaines
à cinquante mille fois ce qu'elle est aujourd'hui. Toute vie

(1) *Ibid.*, janvier 1893.

serait consumée sur la Terre ; les eaux des mers, mises en ébullition, s'élanceraient dans l'atmosphère en vapeurs brûlantes ; l'atmosphère elle-même ne serait-elle pas exposée à s'enflammer ?

De toute manière, ce serait la fin de notre monde par le feu.

Depuis Hipparque, c'est-à-dire depuis plus de deux mille ans, il a été observé vingt-cinq de ces étoiles nouvelles paraissant tout à coup, augmentant puis diminuant d'éclat, ou même finissant par disparaître. Il a dû, très probablement, se produire un certain nombre d'autres phénomènes semblables qui n'ont pas été observés. Le fait, relativement assez fréquent, de ces apparitions prouve la possibilité pour notre globe de devenir, lui aussi, à un moment donné de sa durée, soit une étoile temporaire dans le ciel, soit la victime, par combustion, d'un échauffement excessif du Soleil. En l'un et l'autre cas, sa fin pourrait arriver à une époque quelconque, bien avant, par conséquent, les quatre ou cinq millions d'années au cours desquelles les continents et autres terres émergées doivent se trouver ravalés au niveau de l'océan.

Nous ne poursuivrons pas plus loin la série des conjectures scientifiques sur les causes *possibles* de la fin de notre monde par accident. Ce qui en a été examiné suffit largement au dessein que nous nous sommes proposé en abordant cette étude.

II

PRÉVISIONS TIRÉES DE L'ÉCRITURE SAINTE.

Après avoir passé en revue : 1° ce que la science contemporaine affirme avec certitude ; 2° ce qu'elle pressent comme probable pour un avenir plus ou moins lointain et en concluant à ce qui doit arriver de ce qui se passe actuellement sous ses yeux ; 3° enfin ce qu'elle con-

sidère comme possible sans pouvoir l'annoncer, sans
même le regarder comme probable ; — il ne sera pas sans
intérêt de se placer sur un terrain différent et d'examiner
ce que l'Écriture sainte nous révèle en ce qui concerne la
fin des temps.

A prendre certains textes au pied de la lettre, on pourrait
croire que les prophètes mêmes de l'Ancien Testament ont
eu comme une vue des phénomènes qui s'accompliront aux
derniers jours du monde actuel.

« Poussez des hurlements, s'écrie Isaïe, parce que le jour
du Seigneur est proche : le Seigneur viendra pour tout
perdre... Voici que va venir le jour du Seigneur, cruel,
plein d'indignation, de colère et de fureur, pour faire de la
terre une solitude et pour en réduire les pécheurs en
poussière. Parce que les étoiles du ciel et leur splendeur
ne répandront plus leur lumière ; le soleil à son lever
s'est couvert de ténèbres et la lune n'éclairera plus...
J'ébranlerai le ciel même ; la terre sera changée de place à
cause de l'indignation du Seigneur des armées et du jour
de son extrême colère » (1).

Un siècle et demi plus tard, Ézéchiel, menaçant le
Pharaon d'Égypte, employait un langage analogue : « A
ta mort, j'obscurcirai le ciel et j'en noircirai les étoiles :
je couvrirai le soleil d'une nuée et la lune ne donnera
plus sa lumière. Je ferai s'affliger sur toi tous les flam-
beaux du ciel, et je couvrirai la terre de ténèbres... » (2).

Joel, s'adressant au peuple de Juda, ne parlait pas

---

(1) Ululate quia prope est dies Domini : quasi vastitas à Domino veniet....
Ecce dies Domini veniet, crudelis et indignationis plenus, et irae, furorisque
ad ponendam terram in solitudinem, et peccatores ejus conterendos de ea.
Quoniam stellae coeli et splendor eorum non expandent lumen suum : obte-
nebratus est sol in ortu suo, et luna non splendebit in lumine suo... Super hoc
coelum turbabo : et movebitur terra de loco suo propter indignationem
Domini exercituum, et propter diem irae furoris ejus. *Is.*, xiii, 6, 9, 10, 13.

(2) Et operiam, cum extinctus fueris, coelum, et nigrescere faciam stellas
ejus. Solem nube tegam et luna non dabit lumen tuum. Omnia luminaria
coeli moerere faciam super te : et dabo tenebras super terram tuam.
Ezech., xxxii. 7. 8.

autrement : « La terre a tremblé ; les cieux ont été ébranlés ; le soleil et la lune ont été enténébrés, et la splendeur
des étoiles s'est éclipsée... Je ferai paraître des prodiges
dans le ciel et sur la terre, du sang et du feu, des vapeurs
et des fumées. Le soleil sera changé en ténèbres et la lune
en sang avant que vienne le grand et terrible jour du
Seigneur » (1). Plus loin il revient à la charge : « Le
soleil et la lune se sont couverts de ténèbres et les étoiles
ont perdu leur lumière » (2).

Or ces diverses prédictions, dont l'histoire a vérifié
l'exactitude, concernaient des personnages qui ont vécu
et des faits qui se sont déroulés antérieurement à la venue
du Christ. L'obscurcissement du soleil, de la lune et des
étoiles, l'ébranlement de la terre et du ciel et autres
annonces de cataclysmes analogues, ne doivent être pris,
d'après plusieurs commentateurs, que dans un sens méta-
phorique, ou mieux, allégorique exclusivement ; ce sont
les images des grandes commotions sociales et politiques
qui menaçaient, dans la bouche d'Isaïe, Babylone et ses
souverains, dans celle d'Ézéchiel, le pharaon égyptien, et
le peuple de Juda par les paroles de Joël. Il n'y aurait pas,
dès lors, à s'en préoccuper quant aux prévisions relatives
à la fin des temps.

Toutefois, il est des interprètes aux yeux de qui ces
allégories, ces métaphores violentes, pourraient avoir, en
outre de leur signification symbolique concernant des
événements relativement prochains, un sens plus direct,
applicable aux derniers jours. Ainsi M. l'abbé Vigouroux,
dans les notes dont il a enrichi la nouvelle édition de la
Bible française de l'abbé Glaire, fait remarquer, à l'occa-

---

(1) A facie ejus contremuit terra : moti sunt coeli, sol et luna obtenebrati
sunt, et stellae retraxerunt splendorem suum. Et dabo prodigia in coelo et in
terra, sanguinem et ignem, et vaporem fumi. Sol convertetur in tenebras et
luna in sanguinem, antequam veniat dies Domini magnus et horribilis.
Joel., II, 10, 30, 31. Cf. etiam III, 15 et 16.
(2) Sol et luna obtenebrati sunt, et stellae retraxerunt splendorem suum.
Ibid., III, 15.

sion du verset 10ᵉ au chapitre xɪɪɪ d'Isaïe (obscurcissement des étoiles, du soleil et de la lune), que « des signes semblables doivent précéder le dernier avènement de Jésus-Christ, qui viendra frapper d'anathème les réprouvés représentés par cette Babylone impie, » objet des menaces du prophète. Et il renvoie, à ce propos, aux chapitres xxɪv de saint Matthieu, verset 29, et xɪɪɪ de saint Marc, versets 24 et 25, où sont employées les mêmes menaces, presque dans les mêmes termes, et renforcées par d'autres encore :

« Aussitôt après la tribulation de ces jours, » dit saint Matthieu, « le soleil sera obscurci, et la lune ne donnera point de lumière, et les étoiles tomberont du ciel, et les puissances des cieux seront ébranlées. »

Statim autem, post tribulationem dierum illorum, sol obscurabitur, et luna non dabit lumen suum, et stellae cadent de coelo, et virtutes coelorum commovebuntur.

Saint Marc n'est pas moins explicite :

In illis diebus, post tribulationem illam sol contenebrabitur, et luna non dabit splendorem suum.

Et stellae coeli erunt decidentes, et virtutes, quae in coelis sunt, movebuntur.

Si ces paroles de Notre-Seigneur, rapportées par les deux premiers évangélistes, ont quelque application à ce qui se passera aux approches de son dernier avènement en ce monde, on ne voit pas pourquoi il n'en serait pas de même de celles, presque identiques, que Dieu avait mises dans la bouche des prophètes de l'ancienne loi.

Ce ne sont pas, du reste, les seules calamités que Jésus-Christ ait prédites devant ses disciples. Sans parler de celles d'ordre spirituel et moral, qui rentrent moins dans notre sujet, des guerres, des pestes, des famines, des tremblements de terre sont annoncés comme étant « le commencement des douleurs, *initia dolorum* » (1).

_____

(1) Consurget enim gens in gentem, et regnum in regnum ; et erunt pestilentiae, et fames, et terraemotus per loca. — Haec autem omnia initia sunt dolorum. *Matth.*, xxɪv, 7 et 8.

De plus, « il y aura des signes dans le soleil, la lune et les étoiles ; et sur la terre les nations seront dans la détresse à cause du bruit effroyable de la mer et des flots. Et les hommes sécheront de frayeur dans l'attente de ce qui doit arriver dans tout l'univers, car les forces, *virtutes*, des cieux seront ébranlées » (1).

On n'ignore pas que ces prédictions sinistres, Jésus les a formulées à la veille de sa passion et à l'occasion de l'annonce de la destruction de Jérusalem. La plupart des commentateurs, croyons-nous, estiment que, dans le discours y relatif adressé aux disciples, certaines parties se rapportent en effet à la ruine de Jérusalem, consommée moins d'un demi-siècle plus tard, mais que d'autres, telles notamment que celles qui viennent d'être rappelées, concernent la fin des temps.

Comment concevoir que l'obscurcissement des astres, les chutes d'étoiles, l'ébranlement des « vertus » des cieux, ne concernent pas la fin des temps, quand, immédiatement après les avoir annoncées, Notre-Seigneur ajoute :

« Alors on verra le Fils de l'homme venant dans les nuées avec une grande puissance et une grande gloire. Alors aussi il enverra ses anges, et il rassemblera ses élus, des quatre vents, de l'extrémité de la terre jusqu'à l'extrémité du ciel » (2).

Il est cependant des interprètes, et non des moins autorisés, qui veulent que la totalité du discours de Jésus à ses disciples concerne exclusivement la ruine de Jérusalem et la destruction du peuple juif en tant que corps de nation. D'après cette interprétation, qui est celle du R.P.

---

(1) Et erunt signa in sole, et luna et stellis, et in terris pressura gentium prae confusione sonitus maris et fluctuum. — Arescentibus hominibus prae timore, et expectatione, quae supervenient universo orbi : nam virtutes coelorum movebùntur. *Luc.*, xxi, 25 et 26. — Cf. abbé Thomas, *Le Règne du Christ, l'Église militante et les derniers temps*, liv. VIᵉ, chap. vii.

(2) Et tunc videbunt Filium hominis venientem in nubibus cum virtute magna et gloria. — Et tunc mittet angelos suos et congregabit electos suos a quatuor ventis, a summo terrae usque ad summum coeli. *Marc.*, xiii, 26 et 27. — Cf. etiam *Matth.*, xxiv, 30, 31 ; *Luc.*, xxi, 27, 28.

Corluy (1), et aussi, non d'ailleurs sans quelque hésitation, celle de feu le savant abbé Bacuez (2), il faudrait prendre les annonces de cataclysmes exclusivement dans le sens allégorique ; l'apparition du Fils de l'homme, arrivant sur les nuées avec une grande puissance et une grande majesté, *cum virtute magna et majestate*, serait également symbolique et signifierait la prochaine expansion de l'Église ; l'envoi des anges avec des trompettes rassemblant les élus des quatre vents du ciel — *et mittet angelos suos cum tuba et voce magna, et congregabunt electos*, etc. (Matth., XXIV, 3o, 31.) — serait une allusion aux apôtres envoyés par toute la terre pour annoncer l'évangile et amener à Dieu les âmes dociles ; car s'il s'agissait ici du dernier jugement, disent les partisans de cette interprétation, ce ne seraient pas les élus seulement, mais tous les hommes bons et mauvais qui seraient rassemblés (3). La preuve que la prédiction de Notre-Seigneur s'appliquait exclusivement à la prochaine destruction de Jérusalem et du temple et à la dispersion des Juifs, est, selon eux, dans cette conclusion du discours du divin Maître, rapportée par chacun des trois synoptiques : « En vérité, je vous le dis : cette génération ne passera point que *toutes ces choses*, πάντα ταῦτα, ne s'accomplissent » (*Matth.*, XXIV, 34 ; *Marc.*, XIII, 3o ; *Luc.*, XXI, 32) (4).

On pourrait objecter, ce semble, que *generatio haec* ne signifie pas nécessairement les seules personnes qui vivaient en même temps que Notre-Seigneur Jésus-Christ. « Cette génération » peut s'entendre soit de l'humanité tout entière, soit du peuple juif. Le texte grec porte : ἡ γενεὰ αὕτη ; or γενεά signifie aussi bien *race, lignée, descen-*

(1) *Dictionn. apologét.* de l'abbé Jaugey, art. *Fin du monde.*
(2) *Manuel biblique*, t. III, § 261. Ce paragraphe semble contradictoire avec le 251ᵉ, où trois interprétations différentes exposées admettent toutes que, tout en prédisant la ruine de Jérusalem et du temple, Notre-Seigneur faisait aussi allusion à la fin du monde et à son dernier avènement.
(3) L. Bacuez, *Manuel biblique, Nouveau Testament*, 2ᵉ éd.. t. III, § 261.
(4) Corluy, *Dictionn. apologét.*, loc. cit.

dance, que génération contemporaine. Prétendre qu'on ne peut admettre que Jésus ait affecté ce sens à ces paroles parce que c'eût été parler pour ne rien dire, ne nous paraît pas un argument bien convaincant : les prophéties sont toujours entourées d'un certain mystère, d'une certaine obscurité. Ne voulant donner aucun indice qui permît de suspecter l'époque probable de la fin des temps, puisqu'il ajoutait à ce sujet : « Pour ce jour et cette heure, personne ne les connaît, pas même les anges du ciel, si ce n'est mon Père seul (1), Notre-Seigneur pourrait fort bien, ce semble, employer une expression devant se prendre dans le sens le plus direct, le plus *obvie*, pour ce qui se rapportait à la ruine de Jérusalem, tout en s'entendant aussi en une acception plus étendue, plus lointaine et ne précisant rien quant à la fin du monde. Dès lors l'expression πάντα ταῦτα, *toutes ces choses,* s'explique naturellement, s'appliquant aussi bien à ce qui concerne les derniers jours qu'à ce qui se rapportait à la prochaine dévastation de la ville sainte. Il est bien certain que les disciples l'avaient interrogé non seulement sur l'époque de la ruine de Jérusalem, mais aussi sur celle de la fin des temps ; car quand Jésus leur eut dit, en leur montrant le temple : « il ne restera pas là pierre sur pierre qui ne soit détruite, *non relinquetur hic lapis super lapidem, qui non destruatur* » (*Matth.,* XXIV, 2), ils le questionnèrent en ces termes : « Dites-nous quand cela se fera, et quel sera le signe de votre avènement *et de la consommation du siècle* » (2). Or, s'il entrait dans les vues du Maître d'instruire ses disciples du prochain renversement du temple et de la chute de Jérusalem, il n'était pas dans son dessein de faire connaître en quel temps arriverait son dernier avènement et la « consommation du siècle », c'est-à-dire la fin du monde, non plus

---

(1) De die autem illa et hora nemo scit, neque angeli coelorum, nisi solus Pater. *Matth.,* XXIV, 36.

(2) ... Accesserunt ad eum discipuli secreto, dicentes : Dic nobis quando haec erunt ? et quod signum adventus tui *et consummationis saeculi ? Matth.,* XXIV, 3.

que la reconstitution du royaume d'Israël qui doit la précéder : « Il ne vous appartient pas de connaitre les temps et les instants que le Père a choisis dans sa puissance », répondait-il, au moment de monter au ciel, aux interrogations de ceux qui l'entouraient (1).

La considération tirée de ce qu'il n'est question que des élus, et non des méchants avec eux, dans l'appel, au son de la voix et de la trompette des anges, ne paraît pas absolument concluante. Ce peut être une simple métonymie, la partie prise pour le tout, forme de langage fort explicable si l'on songe que les élus, étant appelés à la gloire, avaient sans doute une place plus grande dans la pensée du Rédempteur, que les réprouvés qu'il doit repousser au dernier jour par cette parole : *Nescio vos*, je ne vous connais pas *(Matth.* xxv, 12).

Le discours de saint Pierre rapporté au second chapitre des Actes des Apôtres semble bien confirmer l'interprétation qui applique à la fin des temps les cataclysmes cosmiques mentionnés en divers points de l'Écriture sainte. Il reproduit, en effet, en l'appliquant à la fin des temps, la prophétie de Joël.

« Et il arrivera dans les derniers jours, dit le Seigneur, que je répandrai mon esprit sur toute chair.... Et je ferai des prodiges en haut dans le ciel et des signes en bas sur la terre, du sang et du feu, des vapeurs et des fumées. Le soleil sera changé en ténèbres et la lune en sang avant que vienne le grand et manifeste jour du Seigneur » (2).

L'expression *in novissimis diebus* désigne chez les prophètes l'époque messianique, dont la fin du monde présent constitue la période dernière. Si donc on peut appliquer

---

(1) Non est vestrum nosse tempora vel momenta quae Pater posuit in sua potestate. *Act. Apost.*, i, 7.

(2) Et erit in novissimis diebus, dicit Dominus, effundam de spiritu meo super omnem carnem ;.... Et dabo prodigia in coelo sursum, et signa in terra deorsum, sanguinem et ignem, et vaporem fumi. Sol convertetur in tenebras, et luna in sanguinem, antequam veniat dies Domini magnus et manifestus. *Act. Apost.*, ii, 17, 19, 20.

à cette période une prophétie que son auteur adressait, à titre de menace, au peuple de Judée, il semble logique qu'on puisse également y rapporter celles d'Isaïe prédisant la ruine de Babylone, d'Ézéchiel annonçant le châtiment qui devait frapper le pharaon d'Égypte, et à plus forte raison celle de Jésus-Christ lui-même informant ses disciples de la prochaine chute de Jérusalem et de la destruction du temple.

« La prophétie, dit M. l'abbé Salmon, est un tableau où les plans ne sont point distincts en apparence bien qu'ils le soient en réalité. Dieu place les événements comme sur une toile, de sorte que le présent touche au passé et à l'avenir. Le prophète aussi se transporte facilement d'un lieu à un autre, et du moment actuel à une époque éloignée. Isaïe parle de la ruine de Babylone *en même temps que du jugement dernier,* et Jésus-Christ en agit manifestement de même dans l'Évangile quand il annonce la ruine de Jérusalem » (1).

L'abbé Bacuez lui-même, quelques pages avant celle où il combat cette interprétation, semble bien l'admettre :

« La majeure partie de cette prophétie, dit-il, a évidemment pour objet la ruine de Jérusalem ; *mais une partie aussi,* la dernière au moins, *se rapporte à la fin du monde.* On peut regarder ces deux points comme *généralement admis* (2). Il reconnaît que la plupart des commentateurs ou bien considèrent que Jésus-Christ a parlé successivement, séparément et dans le sens littéral de la ruine de Jérusalem et de la fin du monde, ou bien que tout au contraire ces deux ordres de prophéties sont mêlés ensemble, de telle sorte que « certains traits s'appliquent également à l'un et à l'autre de ces faits, d'autres à un seul, d'autres à l'un des deux principalement et secondairement à l'autre. »

Saint Jérôme *(In Matt.,* XXIV) et saint Augustin *(Epist.,*

---

(1) *La Sainte Bible, récit et commentaire.* par l'abbé F. R. Salmon. du diocèse de Paris. In-4° de XIV-615 pp. Paris, 1878. P. 357.

(2, L'abbé Bacuez, *loc. cit.,* § 251, p. 310.

cxc, 9) sont les autorités principales que peuvent invoquer les partisans de ce mode d'interprétation.

A quelque sentiment qu'on s'attache, ajoute l'abbé Bacuez, il importe d'observer que la ruine de Jérusalem a été, — comme celle de Rome prédite aux chapitres xvii et xviii de l'Apocalypse, — la figure de la fin du monde et du jugement universel ; « que, par conséquent, les prédictions qui s'appliquent littéralement aux deux premiers faits ont aussi un sens spirituel qui se rapporte à ce dernier événement » (1).

Somme toute, l'explication la plus probable, celle qui réunit le plus d'adhérents, est celle suivant laquelle les prophéties prédisant, avec menaces de cataclysmes cosmiques, des ruines politiques et des bouleversements sociaux, visaient aussi les tourmentes physiques qui signaleront les derniers jours de l'humanité.

D'ailleurs les différents passages des saintes Écritures que nous avons cités ne sont pas les seuls qui soient applicables à la fin du monde. Saint Pierre, notamment, au chapitre iii de sa deuxième épître, prononce des paroles bien significatives, quand il annonce que les cieux et la terre créés par la parole de Dieu et qui subsistent par cette même parole, sont *réservés pour le feu au jour du jugement* et de la perdition des impies (2). Il ajoute, quelques lignes plus bas : « Comme un voleur surviendra le jour du Seigneur, jour dans lequel les cieux passeront avec une grande impétuosité, les éléments seront dissous par la chaleur et la terre sera brûlée avec tout ce qu'elle contient..., jour où les cieux même seront dissous, et les éléments consumés par l'ardeur du feu » (3).

---

(1) Bacuez, *ibid.*, p. 311.

(2) Coeli autem qui nunc sunt, et terra, eodem verbo repositi sunt, *igni reservati* in diem judicii et perditionis impiorum hominum. II. *Petr.*, iii, 7.

(3) Adveniet dies Domini ut fur, in quo coeli magno impetu transient, *elementa* vero *calore solventur*, terra autem et quae in ipsa sunt opera exurentur,... per quem *coeli ardentes solventur*, et elementa ignis ardore tabescent. *Ibid.*, 10, 12.

Ici, plus d'équivoque possible, saint Pierre annonce expressément le dernier avènement de Jésus-Christ et la fin du monde ; et c'est alors que les éléments, les cieux, la terre seront brûlés, dissous par la chaleur, consumés par le feu. La prédiction, bien que sommairement exprimée, est aussi explicite qu'on peut le désirer. Dès lors pourquoi rejeter l'interprétation des paroles de Notre-Seigneur annonçant à ses disciples la ruine de Jérusalem, comme visant aussi, au moins en partie, les phénomènes qui signaleront son dernier avènement et la consommation des siècles ? Assurément, en ce qui concerne la ruine de Jérusalem et la destruction du temple, on ne peut prendre que dans le sens symbolique l'annonce de l'obscurcissement du soleil et de la lune, des chutes d'étoiles et de l'ébranlement des « vertus des cieux », c'est-à-dire des forces cosmiques. Mais, appliquées à la fin des temps, ces mêmes prédictions offrent avec celles de saint Pierre, s'y rapportant exclusivement, de trop frappantes analogies pour qu'il n'y ait entre elles qu'un simple accord fortuit.

Il est donc permis de considérer comme l'interprétation la plus probable celle qui attribue aux prédictions des prophètes et à celles de Jésus-Christ une signification double : signification allégorique ou symbolique concernant les événements prochains ; sens direct, sinon littéral, se rapportant aux faits lointains de la fin des temps.

Telle est l'opinion d'un théologien de mérite, M. l'abbé Thomas, vicaire-général de Verdun, dans un remarquable ouvrage déjà cité au commencement de cette étude et qui nous a servi de guide dans toute la partie scripturaire et interprétative des présentes pages.

Au surplus, l'interprétation contraire, celle que donne le savant P. Corluy dans le *Dictionnaire apologétique* de M. l'abbé Jaugey (1), fût-elle la seule admise, nous n'en

(1) *Vide suprà.* — L'auteur, d'ailleurs, résume ainsi ses conclusions : « La prophétie du Sauveur s'est accomplie entièrement au sens littéral du vivant

serions point gênés dans le rapprochement que nous allons tenter d'établir entre les phénomènes futurs que la science contemporaine regarde comme certains, probables ou possibles, et les données plus ou moins sommaires que nous fournissent les saintes Écritures sur l'origine et la fin du monde.

III

LES DONNÉES SCIENTIFIQUES EN REGARD DES TEXTES SACRÉS.

Et d'abord, en ce qui concerne l'origine de l'univers, si d'une part la Bible débute en nous apprenant que cet univers a été créé *ex nihilo* par la parole de Dieu, *au commencement* de toutes choses, *in principio*, la science arrive, en notre siècle, nous l'avons vu, à constater, de par les progrès de son évolution, que ce même univers n'a pas toujours existé, qu'il a eu un commencement, un point de départ, antérieurement auquel il n'existait rien. C'est ce qui a été établi dans la première partie de cette étude.

De même pour l'origine de la vie. Il ressort du mode de formation de notre globe suivant la théorie scientifique la plus plausible, la plus probable et la plus universellement admise, que la vie n'y a pas toujours été possible, qu'elle n'a pu faire apparition sur notre globe qu'à un stade relativement avancé de son développement, lorsque sa température, suffisamment abaissée, est devenue compatible avec la constitution des organismes. La vie a donc eu un commencement, un commencement distinct du commencement de l'univers et longuement postérieur à lui. Sur ce point l'unanimité est complète. Elle cesse, il est vrai, quand il s'agit d'expliquer ce commencement, et nous

de la génération contemporaine de Jésus; elle doit s'accomplir dans son sens typique lors de la catastrophe finale du monde présent. Alors, sans doute, les ébranlements des vertus célestes se produiront, non plus en figure, mais dans leur épouvantable réalité; alors le Fils de l'homme, visible cette fois dans son corps glorieux, descendra sur les nuées pour juger toutes les nations de la terre. „ Il ne nous en faut pas davantage pour justifier ce qui va suivre.

avons vu que l'un des grands pontifes de la science matérialiste, le fameux professeur Haeckel, ne recule pas
devant une affirmation qui est à la fois une contre-vérité
scientifique et une absurdité métaphysique, afin d'échap-
per au miracle, qui, affirme-t-il, est inéluctable sans cela.
Encore n'y échappe-t-il pas autant qu'il le croit. Ses
monères, germes primordiaux de tous les organismes
ultérieurs, formés aux dépens de la matière inorganique,
n'ont pu dériver de celle-ci sans une impulsion spéciale et
étrangère à elle, puisqu'elle ne renferme en elle aucun
principe de vie. Dès lors l'apparition de ces *monères*, de
ces *amibes*, de ces *plastides*, ne s'éloigne guère de *germinet
terra herbam...*, de *producant aquae reptile et volatile...*,
producat terra animam viventem. Il est vrai que M. Haeckel soutient que monères, amibes et plastides se sont
formées par le jeu fortuit des molécules inorganiques et
sans aucune cause extérieure; mais affirmer n'est pas
prouver, et la science expérimentale de nos jours donne à
une telle assertion le plus éclatant démenti.

Voici donc un premier point où un parfait accord existe
entre les déductions de la science contemporaine et
l'enseignement du Livre inspiré : L'univers n'a pas toujours
existé, il a eu un commencement; la vie elle-même n'a
pas toujours existé, elle n'est apparue sur notre globe qu'à
un moment relativement avancé de sa formation.

La science va plus loin. Nous avons vu que, par des
déductions mathématiques plus ou moins rigoureuses, elle
conclut, dans un avenir, à la vérité, d'une durée incal-
culable, à l'extinction totale de l'univers, — longtemps
auparavant, à l'extinction du Soleil devenant de la sorte
impuissant à entretenir la vie sur notre terre glacée et
sans lumière, — longtemps auparavant encore, à la cessation de la vie supérieure par suite de l'usure graduelle,
sous l'action des eaux, des continents et terres émergées
et de leur ravalement au niveau des océans (1).

(1) Une autre théorie entrevoit la cessation de la vie sur notre globe anté-

En cela encore, et au moins comme donnée générale, l'accord se rencontre entre les conclusions de la science et l'enseignement de la foi : le monde et la vie, qui ont eu un commencement, ne sont pas destinés à durer toujours ; ils auront aussi une fin.

A la vérité, l'accord semble cesser (disons bien vite que le désaccord n'est qu'apparent) sitôt qu'on descend dans le détail. En effet, d'après les prévisions de la science, la cessation de la vie sur la terre, l'extinction du Soleil, finalement la réduction de l'univers à cet état limite et d'équilibre à tout jamais stable, sorte de contre-chaos formé de l'épuisement de toutes les énergies qui existaient en puissance dans le chaos initial, tout cela ne doit se réaliser que graduellement, successivement, pour n'être pleinement accompli que dans un avenir tellement lointain qu'il dépasse les bornes mêmes de notre imagination.

rieurement à l'extinction du Soleil, par une voie opposée, par la voie du dessèchement. L'écorce terrestre, au fur et à mesure de son épaississement aux dépens du noyau igné, absorberait, boirait peu à peu l'eau des océans, et cette absorption des eaux s'opérerait sans doute avec plus de rapidité que l'usure des continents par leurs érosions. Il arriverait ainsi un moment où la surface des mers, très abaissée et partant très diminuée, ne fournirait plus à l'évaporation une quantité d'humidité suffisante pour alimenter les pluies et les glaciers ; de là, tarissement graduel des rivières et des fleuves, sécheresse croissante sur un sol qu'aucune fraîcheur ne protégerait plus contre les ardeurs incessantes du Soleil, dépérissement, puis *cessation de toute végétation*, finalement toute vie rendue impossible. — La Lune, telle que les observations les plus multipliées et les plus minutieuses nous la révèlent, *nous représenterait un petit monde ayant absorbé toute son eau et son atmosphère même*. La planète Mars serait dans une situation intermédiaire, ayant vu ses mers décroître dans une notable proportion sans toutefois les avoir absorbées entièrement jusqu'ici.

Quoi qu'il en soit, par la sécheresse ou par l'inondation, la vie, à un moment donné, doit disparaître de la surface du globe. On peut, à la vérité, concevoir une marche parallèle de l'absorption des eaux par le fond des mers et de l'usure des continents par les eaux. La possibilité du maintien de la vie en serait assurément prolongée, puisque, à mesure que le relief des terres émergées diminuerait, la surface des mers s'abaisserait dans la même proportion ; mais cette prolongation n'aurait qu'un temps, et la sécheresse absolue finirait tôt ou tard par l'emporter lorsque l'absorption des océans serait complète, si toutefois l'abaissement de la température résultant du refroidissement du Soleil lui-même n'amenait auparavant la cessation de la vie par le froid et l'insuffisance de lumière.

3

On ne voit guère comment cette extinction graduelle de l'univers en une succession de durées supputables seulement par milliers de siècles pourrait se concilier avec les cataclysmes ignés prédits par le premier chef temporel de l'Église. Il nous souvient même d'une querelle cherchée jadis par feu le zélé et savant abbé Moigno, au non moins orthodoxe et non moins savant A. de Lapparent, à l'occasion d'un passage final du *Traité de géologie*, passage reproduit aux premières pages de cette étude, et dans lequel il est dit que la vie peut cesser sur la terre du fait du refroidissement du Soleil préparant son extinction totale.

C'était dans la revue hebdomadaire *Les Mondes* (aujourd'hui remplacée par le *Cosmos)* du 24 février 1883. L'excellent abbé Moigno, homme d'une incontestable et très grande science, mais dont le zèle et l'ardeur pour la défense de la foi forçaient parfois quelque peu le jugement, s'écriait indigné : « Quoi ! le Soleil, la Terre et par conséquent les étoiles, qui sont des soleils semblables au nôtre, les planètes, tous les astres du firmament, ne seront plus un jour que des globes froids, desséchés, encombrant de leur aridité, de leur obscurité et de leur silence de mort l'immensité des cieux ! Ce serait là le dernier mot de la science cosmogonique ! — Comment M. de Lapparent, catholique fidèle, a-t-il pu former ces conclusions, quand, comme moi, il entend la voix la plus autorisée de toutes les voix, la voix de saint Pierre, nous crier : « Les cieux et la terre passeront, les éléments seront » dissous, la terre actuelle et tout ce qui est en elle sera » consumé par le feu... Les cieux embrasés seront dissous » et les éléments fondus par l'ardeur du feu... Nous » attendons de nouveaux cieux et une terre nouvelle. »

Suit une longue tirade pour incriminer le professeur à l'Institut catholique de Paris de la réserve très sage et très prudente dans laquelle il a eu soin de se maintenir et qui consiste à ne pas mêler à tout propos l'Écriture sainte et la révélation aux recherches purement scientifiques. Le

Recteur de l'Institut catholique et le savant incriminé répondirent comme il convenait à cette attaque aussi peu juste que mal fondée. Mais, d'une manière générale, on peut, pensons-nous, répondre comme il suit aux personnes zélées qui croiraient devoir adopter la voie préconisée par l'abbé Moigno et chercher dans les textes sacrés des données scientifiques :

Premièrement, comme l'a dit Mgr d'Hulst à son vénérable contradicteur, « la foi est immobile, la science est changeante parce qu'elle n'est jamais qu'une vérité partielle. A mesure qu'elle varie ses données, qu'elle transforme ses théories, l'apologiste la prend au point où elle est, la compare à la doctrine révélée, et constate qu'aujourd'hui comme hier il n'y a pas d'opposition entre l'une et l'autre. Pour que cet accord apparaisse, il suffit que le savant soit sincère et ne fausse pas la science de parti pris pour la tourner contre la foi. Plus le savant s'enfermera dans l'usage exclusif de ses méthodes, *sans souci d'autre chose,* moins son témoignage sera suspect » (1).

« Sans souci d'autre chose » est d'autant plus à propos que, comme l'a dit dans la chaire de Notre-Dame le R. P. Monsabré (2), comme l'avait exprimé le regretté abbé Bourgeois à l'occasion de ses illusions sur le prétendu homme tertiaire, peu importe que, dans la recherche de la vérité scientifique, il se présente incidemment quelque détail qui semble difficilement conciliable ou même en opposition avec tel ou tel texte des Livres sacrés. Parce que de deux choses l'une : ou les progrès ultérieurs de la science ne laisseront pas subsister le fait difficultueux, ou au contraire ils le confirmeront et en établiront la certitude ; et alors une interprétation nouvelle soit du fait lui-même, soit du texte sacré serré de plus près, fera évanouir

---

(1) *Les Mondes* du 10 mars 1883. Lettre de Mgr d'Hulst, recteur de l'Institut catholique de Paris.

(2) Carême de 1875, passim, et péroraison de la xiiie conférence.

une contradiction qui ne saurait jamais être qu'apparente. La première alternative s'est réalisée pour le trop fameux homme tertiaire du savant abbé Bourgeois, à peu près unanimement abandonné aujourd'hui ; la seconde se vérifie, sinon tous les jours, au moins d'une manière assez fréquente.

Au cas qui nous occupe, et c'est sur ce second point qu'il y a lieu d'insister, le savant enfermé « dans l'usage exclusif de ses méthodes sans souci d'autre chose » peut répondre à des reproches analogues à celui qui était adressé à l'auteur du *Traité de géologie,* par les considérations suivantes :

« Dans le champ des recherches scientifiques, nous raisonnons sur l'observation des faits ; et quand nous avons reconnu et déterminé les lois suivant l'enchainement desquelles les faits se produisent et se succèdent, nous concluons logiquement de ce qui s'est passé et de ce qui se passe à ce qui, suivant l'ordonnance de ces lois, se passera dans l'avenir. Nous n'avons pas à rechercher, à ce point de vue, si Dieu, dans une pensée et dans un but d'ailleurs étrangers à l'étude des sciences, a annoncé, par la voie de la révélation, l'intervention, à un moment donné, de phénomènes soit miraculeux, soit simplement en dehors de la marche ordinaire de la nature telle que nous sommes en mesure de l'observer. Supposant, — parce que nous n'avons pas de motif scientifique de supposer autre chose, — supposant que la marche des faits naturels continuera à suivre son cours comme elle l'a toujours suivi jusqu'ici, nous en déduisons ce qui devra arriver par la suite. Et cela ne constitue en rien une contradiction à ce que l'Écriture sainte peut prédire ; parce que, de même que Dieu est intervenu à l'origine pour donner l'être à l'univers, de même il peut intervenir de nouveau, au temps marqué dans ses décrets impénétrables, pour changer l'ordre de la nature, détruire violemment ce qui existe et, s'il le juge à propos, renouveler le vieux monde

ou même créer un monde nouveau. Mais ceci est en dehors
du domaine de la science, dont nous avons le droit de ne
pas sortir ; y restant, nous continuerons à déduire, des
faits observés et constatés, le cours régulier et normal de
la nature. »

On ne sache pas qu'un tel langage puisse laisser prise
au moindre reproche devant la plus sévère orthodoxie. En
effet, « l'accord de la science et de la foi — c'est encore
Mgr d'Hulst qui parle (1) — peut être positif ou négatif :
positif, si la foi inspire la science ; négatif, si l'on se borne
à montrer qu'il n'y a pas d'antagonisme. L'accord négatif
suffit à l'apologétique. » Nous nous permettrons d'ajouter
que cet accord négatif ainsi défini lui est même préfé-
rable ; en effet, le but des saints Livres *n'étant jamais*
l'enseignement des sciences, ceux des faits et récits présentés ou racontés par eux pouvant tomber sous l'examen
de celles-ci sont exprimés dans une langue qui n'a rien
de technique, mais qui est avant tout accommodée aux
habitudes d'esprit et de langage des sociétés au sein desquelles ils ont été rédigés. D'où il suit que, voulant
chercher en eux, comme le prétendait le bon abbé Moigno,
des données et des points de départ pour la science, on
risquerait de leur faire dire tout autre chose que ce que
leurs auteurs ont voulu dire, et de les compromettre
ensuite en les rendant en quelque sorte solidaires des
erreurs scientifiques dans lesquelles on aurait pu tomber.

Dans l'éventualité que nous envisageons, nul désaccord
ne résulte du fait de prévoir l'extinction graduelle de la
vie sur la terre par l'eau, par la sécheresse ou par le
froid ; car cette prévision est établie d'après l'ordre naturel
et ordinaire des faits suivant les lois constatées, tandis
que les prédictions de saint Pierre annonçant une fin
violente supposent ou, mieux encore, révèlent une intervention spéciale du Créateur en dehors de cet ordre ordinaire et de ces lois naturelles.

(1) *Loc. cit.*

Mais il est possible de faire faire à cet accord négatif un pas de plus, en montrant que, en dehors des déductions légitimes de la science partant des faits connus pour en conclure logiquement les phénomènes futurs, il est des conjectures qu'elle ne propose point sans doute, mais qu'elle ne repousse pas non plus, qu'elle accepte même comme de simples possibles, et qui donneraient à l'accord dont nous parlons un caractère plus saisissant, plus marqué, presque direct sinon positif au sens défini ci-dessus.

Cette possibilité résulte notamment, on l'a déjà deviné, des hypothèses, indiquées dans la première partie de ce travail, sur la rencontre éventuelle de notre sphéroïde ou seulement de notre Soleil avec quelque objet sidéral ou cosmique capable de provoquer une élévation brusque et violente de la température, vaporisant les mers, enflammant les continents et l'atmosphère elle-même, et réalisant ainsi les paroles du prince des apôtres : *elementa calore solventur... coeli ardentes solventur, et elementa ignis ardore tabescent.* Les étoiles temporaires qui surgissent tout à coup dans les profondeurs du firmament, augmentent rapidement d'éclat, puis décroissent et finissent par disparaître, nous donnent le spectacle d'incendies sidéraux qu'il n'est point interdit de comparer à ce que pourrait être l'incendie de notre séjour terrestre d'après les prédictions de saint Pierre.

Que notre globe vienne à rencontrer, par le noyau, quelque comète comparable à celle de 1811, et dans les conditions indiquées plus haut, ou bien quelque nuée cosmique, quelque masse nébulaire errante, que va-t-il se passer ? Ce sera d'abord, par l'attraction exercée sur les particules les plus ténues, une chute d'étoiles filantes, une pluie, une averse de ces météores comme on n'en aura jamais vu, *cadent de coelo stellae* (1) ; puis une ébullition bruyante avec évaporation en nuages épais des eaux de

(1) *Matth.*, xxiv, 29 ; *Marc*, xiii, 25.

la mer, des lacs et des fleuves, *prae confusione sonitus maris et fluctuum* (1), interceptant plus ou moins complètement la lumière du soleil et de la lune, *sol obscurabitur et luna non dabit lumen suum...* (2); *sol convertetur in tenebras et luna in sanguinem* (3); la température continuant à s'élever par suite du frottement incessant et énergique de notre globe contre la matière cométaire ou nébulaire, il finirait par prendre feu lui-même dans son atmosphère et sur ses continents desséchés, calcinés. Ce serait alors le « jour dans lequel les cieux passeront avec une grande impétuosité *(magno impetu)*, les éléments seront dissous par la chaleur, et la terre sera brûlée avec tout ce qu'elle contient, où les cieux embrasés *(ardentes)* seront dissous et les éléments consumés par l'ardeur du feu » (4).

Des effets analogues résulteraient encore soit du choc de la Terre contre quelque bolide gigantesque d'une masse comparable à la sienne sinon égale, par suite du prodigieux développement de chaleur qui s'ensuivrait, soit de la chute d'un corps de semblable importance dans le Soleil lui-même, soit du rapprochement extrême de ce dernier avec quelqu'un de ses pareils. Et dans ces diverses hypothèses, le mouvement de notre sphéroïde sur son orbite, comme celui des autres planètes sur leurs trajectoires respectives, serait plus ou moins profondément modifié : « J'ébranlerai le ciel même, la terre sera changée de place », a dit le prophète (5). « A la face du Seigneur, la terre a tremblé, les cieux ont été ébranlés (6) ; » « Les forces cosmiques, *virtutes coelorum, virtutes quae in coelis sunt,* seront ébranlées, *commovebuntur* » (7). Le ciel s'est

(1) *Luc.,* xxi, 25.
(2) *Matth., l. c.*
(3) *Io.,* ii, 31 ; *Act. Apost.,* ii, 20.
(4) II *Petr.,* iii, 10, 12.
(5) *Is.,* xiii, 13.
(6) *Io.,* ii, 10.
(7) *Matth., l. c.; Marc.,* xiii, 25 ; *Luc.,* xxi, 26.

replié comme un livre qui s'enroule ; les montagnes et les îles ont été secouées sur leur base » (1).

Mais même, sans aller chercher si loin les causes naturelles des perturbations prédites, notre planète porte en elle des ressources suffisantes pour les produire au moment fixé par les décrets éternels. « La fumée d'un vaste incendie, écrit M. l'abbé Thomas, les pluies de cendres vomies par un volcan en éruption, des vapeurs épaisses émanées du sol, suffisent à intercepter les rayons du Soleil et à produire le même effet que si cet astre avait perdu son éclat intrinsèque. Or, c'est précisément à l'approche du dernier jour que ces phénomènes, et d'autres du même genre, se produiront avec le plus de fréquence et d'intensité » (2).

Une preuve de ce qu'avance l'auteur de *Le Règne du Christ et les derniers temps* a été fournie, il y a quelques années, par la fameuse éruption volcanique de l'île de Krakatoa, Krakatau ou Rakata, dans le détroit de la Sonde, entre Java et Sumatra, éruption commencée le 20 mai 1883 et qui eut son apogée le 27 août. « Lors de ce cataclysme, dit M. Daubréc, la prodigieuse abondance des menus matériaux qui ont été apportés au jour était telle que le ciel en était obscurci. Un des témoins en rend compte en ces termes : Le soleil étant au-dessus de notre tête, pas la plus petite lueur dans le ciel, pas la plus petite trace lumineuse diffuse à l'horizon, et cette affreuse nuit a duré 18 heures. Le navire *London* se trouvait condamné à rester sur place, devant le péril qui l'attendait (3) ». « A midi, ajoute un autre témoin, les ténèbres sont si profondes qu'on se parle sans même se voir sur le pont du navire » (4).

(1) Et coelum recessit sicut liber involutus ; et omnis mons et insulae de locis suis motae sunt. *Apoc.*, VI, 14.

(2) *Le Règne du Christ*, p. 301.

(3) Daubrée. *Comptes rendus*, t. XCVI, p. 1100, 1883. Cité par le *Cosmos* du 11 mars 1893. p. 470.

(4) J. Thirion, *Les Illuminations crépusculaires*, REV. DES QUEST. SCIENT., avril 1884, t. XV, p. 467.

On n'a pas oublié les énormes désastres causés par cette catastrophe : la moitié de l'île de Krakatoa, d'une longueur de huit kilomètres sur cinq de largeur, ensevelie sous les flots, l'étendue de la petite île voisine de Verlaten triplée, le fond de la mer entièrement bouleversé entre ces îles et celle de Sebesie située plus au nord, à la suite d'un soulèvement momentané qui, lançant la mer par-dessus les rivages de la côte occidentale de Java, en balaya les villes et les villages, et ne se retira qu'après avoir apporté la mort à 20 000 habitants. Si forte fut la puissance de ce flot gigantesque, que ses ondulations paraissent s'être fait sentir jusque sur les côtes de l'Amérique ; et les plus subtils des matériaux, projetés dans les airs par l'éruption, ont persisté dans les hauteurs de l'atmosphère à l'état de poussières impalpables au point d'y produire pendant tout l'hiver suivant, en répercutant les rayons du soleil descendu au-dessous de l'horizon, des lueurs rougeâtres qui illuminaient, chaque jour, une partie de la soirée (1).

Supposé maintenant que, à un moment donné, au lieu d'une seule et isolée éruption de cette violence, le même phénomène se produise simultanément sur les 323 volcans actuellement actifs qui, d'après le professeur Fuchs, sont répartis sur la sphère (2) ; que les nombreux volcans éteints dont les cratères existent encore viennent à s'éveiller et à joindre leur voix titanesque, leurs déjections embrasées, leurs trépidations et leurs ébranlements à ceux des premiers ; est-ce qu'il n'y aurait pas là de quoi amener des commotions suffisantes pour réaliser toutes les catastrophes qu'un esprit pénétrant peut pressentir en méditant les termes des prédictions scripturaires ? Est-ce qu'il ne serait pas exact alors de dire que la terre est ébranlée jusque dans ses fondements ? Ne pourrait-elle subir des secousses capables de modifier la direction de sa course ?

(1) *Ibid.*, p. 464 et suiv.
(2) K. Fuchs, professeur à l'Université de Heidelberg : *Les Volcans et les tremblements de terre*, p. 33. Paris, Germer-Baillière.

Aux yeux des hommes témoins de ces cataclysmes, l'aspect des cieux ne serait-il pas changé, les astres ne perdraient-ils pas leur lumière après avoir, par des effets de réfraction ou autres, affecté la couleur du sang, ne serait-ce point partout « feu et sang, vapeurs et fumées » (1) ?

Que vienne à cela s'adjoindre, comme le suppose M. l'abbé Thomas, « une pluie d'aérolithes enflammés tombant sur la terre, de globes de feu lancés par la foudre, sans compter la rencontre possible d'une ou plusieurs comètes ; d'aussi étranges phénomènes, si propres à inspirer la terreur, peuvent bien donner lieu de croire que le ciel et la terre sont secoués jusque dans leurs fondements. » D'ailleurs le savant apologiste veut qu'on fasse en tout cela la part de la métaphore dont il ne faudrait pas d'ailleurs, dit-il, presser outre mesure l'application (2).

IV

CONVENANCE DE CES RAPPROCHEMENTS, OBJECTIONS ET RÉPONSES.

L'application que nous avons, dans les pages qui précèdent, essayé de faire des textes eschatologiques aux connaissances et aux légitimes présomptions scientifiques de notre temps, ou, plus exactement, de celles-ci à ceux-là, est-elle définitive ? Assurément non. Elle ne saurait l'être, et ne le sera jamais d'une manière absolue : la science humaine, qui tend à la vérité, trouvera toujours devant elle d'autant plus de vérités nouvelles à découvrir qu'elle en aura antérieurement découvert davantage, sans jamais pour cela arriver à la vérité totale. Les enseignements de la foi sont, au contraire, absolus de leur nature, mais restreints et exprimés dans un langage dont l'interpréta-

_____

(1) Sanguinem et ignem, et vaporem fumi. *Joel.*, ii, 30; *Act. Apost.*, ii, 19.
(2) Abbé Thomas, *loc. cit*, p. 302

tion, sans rien changer à ce qu'ils ont de fondamental et d'essentiel, peut varier dans les détails accessoires. Le rôle de l'apologiste est de suivre, pas à pas en quelque sorte, la marche en avant de la science, de comparer les faits et les lois qu'elle constate avec les textes scripturaires pouvant se rapporter aux mêmes objets, et de montrer qu'en aucun cas il n'y a incompatibilité, irréductibilité entre les uns et les autres.

Bien mal fondée est, croyons-nous, l'opinion de ceux qui estiment un tel travail « ingrat, inutile et dangereux ». Ingrat, disent-ils, « parce qu'il est toujours à recommencer pour adapter les vérités de la foi avec les nouvelles conceptions scientifiques ; inutile, puisqu'il n'a pas d'action sur les esprits ; dangereux, parce qu'il est sujet au reproche de défendre des vérités révélées qu'il faut adopter chaque fois qu'il se produit un progrès dans nos connaissances touchant le monde physique » (1).

Il y a ici, croyons-nous, confusion, en même temps que méconnaissance complète du rôle de l'apologétique. Il ne s'agit pas, en effet, d'*adapter les vérités de la foi aux conceptions scientifiques*, mais bien au contraire de faire voir, à propos de telle ou telle conception plausible, vraisemblable, ne choquant point les lois de la logique et de la saine raison, que cette conception ne contredit point la vérité révélée, et n'est pas contredite par elle. Le reproche que ce travail est toujours à recommencer n'en est pas un, car il s'appliquerait à toutes les connaissances humaines, lesquelles sont elles-mêmes toujours à recommencer, en ce sens que chaque progrès en avant, chaque conquête nouvelle, oblige à rectifier, modifier, parfois abandonner entièrement des théories qui avaient eu pleine raison d'être avec une science moins avancée, et qui doivent ensuite céder le pas à des théories plus parfaites. Bien loin d'être sans action sur les esprits, la démonstration de la non-

(1) *Rev. du monde cathol.*, de janvier 1893, p. 166.

opposition, de la non-incompatibilité, autrement dit de
l'*accord négatif* défini plus haut, est au contraire des plus
convaincantes pour les cœurs droits, les âmes sincères
qui recherchent la lumière sans hostilité et sans parti
pris. On comprend encore moins le reproche qu'il faille
« adopter des vérités révélées chaque fois qu'il se produit
un progrès dans nos connaissances ». Les vérités révélées
sont adoptées une fois pour toutes par les catholiques ; il
ne s'agit donc pas de les adopter chaque fois que se produit un progrès dans les sciences physiques ; il ne s'agit
même pas de les *adapter* à ce progrès, mais simplement
de montrer, comme il vient d'être dit, que ce progrès ne
les entame point, ne les contredit point ou ne les intéresse
point.

S'il fallait attendre, pour faire de l'exégèse au point de
vue des sciences physiques et naturelles, « que la science
fût définitivement établie », et que l'Église eût « interprété
scientifiquement les livres saints », comme le voudraient
quelques-uns, il serait plus bref de dire qu'il faut s'en
abstenir à tout jamais et prohiber purement et simplement
cette forme de l'exégèse ; car, d'une part, il y aura toujours des points où la science ne sera pas définitivement
établie, et, d'autre part, il n'est pas probable que l'Église
assume jamais la tâche d'interpréter scientifiquement tous
les textes sacrés. L'Église n'intervient qu'avec mesure et
prudence, et ne procède aux définitions dogmatiques
qu'avec une extrême réserve et pour les plus graves motifs.

Cependant, alors que tous les jours nos croyances les
plus fondamentales sont attaquées, combattues, sapées au
nom de la science, soit à l'aide de théories controuvées et
d'hypothèses gratuites, soit par fausse interprétation ou
application de faits vrais mais perfidement présentés, il
faudrait s'abstenir, rester les bras croisés en face de
l'ennemi, sous prétexte que, dans un avenir plus ou moins
éloigné, les progrès mêmes de la science auront réduit à
néant les prétextes des attaques actuelles ! Mais quand cet

avenir se sera réalisé, de nouveaux prétextes surgiront, l'erreur n'est jamais embarrassée pour en trouver ; il faudra alors continuer à se croiser les bras, toujours pour le même motif. Avec un tel système, l'erreur, la négation auraient seules la parole, et la cause de la vérité ne serait jamais défendue sur le terrain scientifique.

Professant une opinion toute contraire, il nous a paru qu'il n'était pas inutile de montrer une fois de plus, à l'occasion des prédictions de l'Écriture concernant la fin des temps, que les prévisions et les conjectures que la science de nos jours peut légitimement concevoir, à plus forte raison les conclusions qu'elle déduit avec certitude, n'ont rien qui contredise les textes sacrés ; qu'au contraire une certaine harmonie semble déjà s'établir des unes aux autres, harmonie qui ne pourra que se compléter et grandir de plus en plus, à mesure que la science franchira de nouvelles étapes dans la connaissance des lois de la nature.

Qu'il nous soit permis, maintenant, d'aller au devant de quelques objections pouvant se présenter relativement aux causes possibles, dans l'ordre naturel, d'une terminaison brusque et violente de notre monde, telle que nous avons essayé de la faire pressentir.

Comment concilier cette fin partielle de l'univers qui intéresserait seulement notre sphéroïde, tout au plus l'ensemble de notre système solaire, avec la réalisation de cet état limite vers lequel, ainsi qu'il a été dit au paragraphe 1er, se dirige l'ensemble de l'univers ? Plus celui-ci s'en approche, plus, dit Clausius, « les occasions de nouveaux changements disparaissent ; et si cet état se réalisait enfin, aucun changement n'aurait plus lieu, et l'univers se trouverait dans un état de mort persistante. Bien qu'actuellement il en soit encore très éloigné, et bien qu'il s'en approche avec une lenteur excessive, — car nos périodes historiques sont de courts intervalles auprès des périodes immenses dont l'univers a besoin pour effectuer d'une manière successive ses moindres transformations, —

il y a une conséquence importante qui subsiste toujours, c'est qu'on a trouvé une loi naturelle qui permet de conclure d'une manière certaine que, dans l'univers, tout n'a pas un cours circulaire, mais que des modifications ont lieu dans un sens déterminé, et tendent ainsi à amener un état limite » (1). Or, d'après les princes de la science d'aujourd'hui, cet état de mort résulterait de la transformation de l'énergie de l'univers, tant potentielle que visible, c'est-à-dire des forces virtuelles et des mouvements apparents qui y existent, en énergie vibratoire, autrement dit en chaleur.

N'y a-t-il pas là plusieurs contradictions ? Contradiction avec les textes scripturaires qui, d'une part, annoncent des cataclysmes brusques et violents pouvant d'ailleurs, d'après la science, n'affecter qu'une portion relativement infime de l'univers, et, de l'autre, une sorte de régénération de ce même univers prédite successivement par Isaïe (2), saint Paul (3), saint Pierre (4) et saint Jean (5) ? Contradiction également entre les théories scientifiques elles-mêmes, puisque les unes prévoient la mort de l'univers par l'extinction des soleils et des étoiles, c'est-à-dire par le froid, les autres au contraire par la chaleur !

Occupons-nous d'abord de la seconde objection : elle n'est que spécieuse. Le bon abbé Moigno l'avait déjà formulée dans sa véhémente apostrophe, lancée à propos de la dernière page du *Traité de géologie*. Au Soleil, à la Terre, aux planètes et aux étoiles réduits à des globes froids, obscurs et desséchés, il opposait « la science actuelle, celle des Meyer, des Joule, des Tyndall, des Clausius, etc., etc., » laquelle « admet comme un dogme

---

(1) Rapport au *Congrès des naturalistes et médecins allemands*, session de Francfort-sur-le-Mein. Cité par le P. Carbonnelle dans les *Confins de la science et de la philosophie*, t. I, chap. v.
(2) *Is.*, LXV, 17. — LXVI, 22.
(3) *Paul., ad Ephes*, I, 10.
(4) *Petr.*, II° Ep. III, 13.
(5) *Joan., Apocal.*, XXI, 1.

presque certain, conséquence rigoureuse de la théorie dynamique de la chaleur, que la terre finira par le feu, par la dissociation des éléments. » Et il ajoutait : « Le savant professeur de l'Institut catholique sait tout cela, et tout cela ne l'a pas empêché de glisser vers les conjectures aventureuses du xviiie siècle qui faisaient finir le monde et les mondes par le froid ou la siccité » (1).

Eh, sans doute, « le savant professeur à l'Institut catholique savait tout cela ; » mais, il savait aussi que, normalement, les conséquences cosmiques de la théorie dynamique de la chaleur ne doivent et ne peuvent produire la plénitude de leurs effets qu'en des durées incomparablement plus longues que celles qui doivent amener l'encroûtement graduel de la superficie solaire. Si l'on suppose définitivement consommée l'extinction complète de toutes les étoiles, ces soleils comparables ou supérieurs au nôtre, la chaleur qu'elles auront, auparavant et durant tant de millions ou de milliards de siècles, rayonné dans l'espace, n'aura pas disparu, elle se sera seulement répartie d'une manière différente. Sans doute il se peut que, après ces durées incalculables, les révolutions des astres éteints se trouvent modifiées, qu'ils arrivent à s'entre-choquer les uns les autres et à produire ainsi des températures capables de dissocier leurs molécules dans de gigantesques, d'immenses conflagrations. Mais il se peut aussi, c'est le savant et regretté Père Carbonnelle qui en fait la remarque (2), il se peut aussi que, même dans l'état limite dont il a été parlé, des portions de l'énergie visible échappent éternellement au changement. Il n'est pas nécessaire, en effet, pour concevoir cet état, « de se représenter l'univers comme une masse d'une température uniforme dans laquelle ne se produiraient plus que des mouvements vibratoires. Si, par exemple, les corps célestes ne sont pas soumis au frottement dans l'éther, si leurs révolutions sont tellement équilibrées qu'un certain nombre d'entre eux ne doivent jamais arriver à s'entre-choquer, on ne voit pas ce qui pourrait amener la conversion de leur énergie visible en calorifique. Mais il reste toujours vrai qu'un état où aucune conversion de ce genre ne peut se produire n'est comparable qu'à la mort ; or, c'est vers un tel état que l'univers marche sans cesse. On peut donc dire qu'en naissant il a été comme nous condamné à mourir, et que la sentence s'accomplit lentement sous nos yeux » (1).

En attendant que cet état limite, cet état d'équilibre stable comparable à la mort physiologique et qu'aucune force naturelle ne serait capable d'ébranler, soit réalisé par tout l'univers, il y a largement le temps nécessaire pour que notre Soleil, passé du commencement du déclin que manifestent aujourd'hui les taches observées à sa surface, à la période de la décrépitude et finalement à l'extinction, n'envoie plus à la terre la somme de chaleur et de lumière nécessaire à l'entretien de la vie, même simplement végétale. Les prévisions des géologues sur le sort particulier réservé à la Terre par le seul jeu des forces naturelles auxquelles elle est plus spécialement soumise, n'ont donc rien d'incompatible avec celles, d'ordre beaucoup plus général, sur l'état limite vers lequel, par une marche insensible mais fatale, se dirige l'univers.

Arrivons maintenant à la première difficulté. Comment concilier, soit l'extinction graduelle et lente de la vie sur le globe par écroulement des continents, siccité, ou absence de chaleur et de lumière, avec les prédictions annonçant une fin brusque et violente par une série de cataclysmes où le feu jouerait le rôle principal ; soit cette

(1) *Loc. cit.*— On peut observer, soit dit en passant, que, de même que chacun de nous, destiné à mourir naturellement de vieillesse à un âge avancé, peut aussi mourir accidentellement à une période quelconque de la vie normale, de même notre monde, ou même l'univers entier, peut finir plus tôt que ne le comporte sa marche régulière vers l'état limite d'équilibre final et à tout jamais stable. A cet égard, il n'y a rien d'assuré ; mais ce qui est certain, scientifiquement certain, c'est que, tôt ou tard et d'une manière ou d'une autre, notre monde, l'univers même tout entier, est destiné à mourir.

fin elle-même, brusque mais ne concernant que notre globe et la portion de l'univers la plus voisine, portion infime relativement à l'ensemble, avec l'extinction générale de cet ensemble; soit enfin cette marche insensible mais fatale vers l'état limite irrémédiablement fixé, avec cette rénovation, régénération ou création nouvelle des cieux et de la terre, annoncée par des textes formels? Voici, en effet, comment s'exprime le prophète Isaïe :

« Voilà que je crée des cieux nouveaux et une terre nouvelle, et le passé sera oublié. Vous vous réjouirez et serez éternellement joyeux dans les choses que je crée, parce que je crée Jérusalem dans l'exaltation et son peuple dans la joie » (1).

« Comme les cieux nouveaux et la terre nouvelle que je fais subsister devant moi, dit le Seigneur, ainsi subsisteront votre race et votre nom » (2).

Ces cieux nouveaux et cette terre nouvelle sont également attestés par saint Jean, au chapitre xxi de l'Apocalypse, verset 1er :

« Et je vis un ciel nouveau et une terre nouvelle. Car le premier ciel et la première terre sont passés, et la mer n'est plus » (3).

Quant à saint Pierre, après avoir annoncé l'embrasement des cieux et la dissolution des éléments par le feu, comme on l'a rapporté dans le paragraphe ii ci-dessus, il ajoute :

« Mais nous attendons, selon la promesse du Seigneur, de nouveaux cieux et une nouvelle terre dans lesquels habitera la justice » (4).

---

(1) Ecce enim creo coelos novos et terram novam ; et non erunt in memoria priora, et non ascendent super cor, sed gaudebitis et exultabitis usque in sempiternum in his quae ego creo, quia ecce ego creo Jerusalem exultationem, et populum ejus gaudium. *Is.*, LXV, 17, 18.

(2) Quia sicut coeli novi et terra nova quae ego facio stare coram me, dicit Dominus, sic stabit semen vestrum et nomen vestrum. *Is.*, LXVI, 22.

(3) Et vidi coelum novum et terram novam. Primum enim coelum et prima terra abiit, et mare jam non est. *Apoc.*, XXI, 1.

(4) Novos vero coelos et novam terram secundum promissa Ipsius expectamus, in quibus justitia habitat. II. *Petr.*, III, 13.

4

Saint Paul fait également allusion à cette rénovation future des cieux et de la terre, au chapitre 1er de l'Épître aux Éphésiens, verset 10 ; il y annonce la volonté de Dieu de restaurer dans le Christ, lors de l'accomplissement de la plénitude des temps, *tout ce qui est dans les cieux et tout ce qui est sur la terre* (1).

Si large que soit la part faite au symbolisme, il est bien difficile de ne voir, dans ces textes, que de simples allégories, surtout quand on les rapproche les uns des autres. Sans doute Isaïe s'adresse plus particulièrement au peuple juif ; mais comment ne pas comprendre cette Jérusalem que Dieu crée dans l'exultation de la joie, comme une image transparente de la Jérusalem céleste, autrement dit du ciel après la fin du temps ? Et quand, aux dernières lignes de son dernier discours, le prophète revient encore sur ces nouveaux cieux et cette nouvelle terre que Dieu doit créer pour les faire subsister devant lui, *quae ego facio stare coram me*, comment la pensée ne se reporterait-elle pas à cette éternité durant laquelle seront glorifiés la race et le nom du peuple fidèle *!*

C'est bien ainsi que le comprend l'éminent exégète de notre temps, M. l'abbé Vigouroux. Dans ses annotations de la Bible de Glaire, il accompagne le verset 17, au chapitre LXV d'Isaïe, *Ecce enim creo coelos novos*, etc., de cette sagace remarque : « Saint Jean décrit sous de semblables symboles le bonheur des élus » *(Apocal., XXI, 1-4)*. Et en effet l'apôtre, dans sa vision prophétique, *voit* ce ciel nouveau et cette terre nouvelle remplacer le premier ciel et la première terre. Que ce soit là, avant tout, le symbole du bonheur des élus, cela n'est pas douteux ; mais ce doit être en même temps l'expression d'une vérité directe et concrète, car, la résurrection générale devant reconstituer, dans des conditions nouvelles, le composé humain

---

(1) ... Quod proposuit in eo, — in dispensatione plenitudinis temporum, instaurare omnia in Christo, quae in coelis, et quae in terra sunt, in Ipso.

chez tous les hommes, le ciel sera localisé (1) ; n'est-ce
pas, dès lors, au séjour des élus que fait allusion saint
Jean ?

Cette interprétation est fortifiée encore par les deux
textes de saint Pierre et de saint Paul cités tout à
l'heure, de saint Pierre attendant les nouveaux cieux et
la nouvelle terre où règnera la justice, de saint Paul
annonçant la restauration dans le Christ « de tout ce
qui est dans les cieux et de tout ce qui est sur la terre. »

S'il en est ainsi, — et nous ne croyons pas que cela
puisse être bien sérieusement contesté, — comment faire,
je ne dirai pas pour « adapter » cette plausible interprétation des textes « aux conceptions scientifiques, » mais
bien pour établir que celles-ci ne viennent pas en opposition aux textes sacrés ?

Si, après la consommation des siècles, alors que, suivant l'expression de l'ange de l'Apocalypse, il n'y aura
plus de temps, *tempus non erit amplius* (2), que le ciel
aura été replié, enroulé comme les feuilles d'un manus-
crit, *et coelum recessit sicut liber involutus* (3), une création nouvelle vient à surgir ; ou, mieux encore, si l'ancien
univers, après une violente commotion, est renouvelé et
régénéré, que devient l'état limite d'équilibre stable à tout
jamais annoncé par les savants ? Comment, d'autre part,
concevoir une fin du monde partielle, réduite à notre petit
monde subsolaire, alors que l'Écriture parle de *toutes
choses,* au ciel et sur la terre, *omnia quae in coelis et quae
in terra sunt, in Christo,* ce qui veut dire que, en et par
le Christ, *tout* sera renouvelé au ciel et sur la terre !
Enfin, il ne saurait être question, en tout cela, de fin de
notre monde par l'écroulement des continents, par le
dessèchement ou par le froid.

(1) Il l'est même déjà, au moins pour Jésus-Christ en tant qu'homme et
pour la Sainte Vierge, dont les résurrections ont précédé celles des autres
hommes. Cf. Jules Didiot, *Dictionnaire apologétique* de Jaugey, art. *Ciel.*
(2) *Apoc.,* x, 6.
(3) *Ibid.,* vi, 14.

La réponse est facile et multiple. Elle a déjà été fournie en partie au paragraphe III de la présente étude, en réponse à la querelle qu'un zèle malencontreux avait fait chercher à un éminent géologue, et cette réponse peut suffire à elle seule. Elle se résume en ceci :

La science prévoit ce qui peut ou doit arriver d'après ses propres données. Les prédictions de l'Écriture se rapportant à une action spéciale de la toute-puissance divine, peuvent *supprimer* les conséquences prévues ; elles ne les contredisent pas.

Mais il y a autre chose à dire encore.

Il ne faut pas prendre toujours au pied de la lettre, dans les textes sacrés, les expressions hyperboliques que comportent le style, les habitudes de langage et les mœurs des sociétés contemporaines de leur rédaction.

« Les cieux et la terre », « *toutes choses* au ciel et sur la terre », ne comprennent pas nécessairement l'univers tout entier, autrement dit l'immensité des espaces sidéraux que peuplent des milliers et des millions d'étoiles. Personne n'ignore que l'aspect du ciel, pour nos yeux humains, est essentiellement subordonné à la position de la terre par rapport aux autres astres ainsi qu'à ses conditions atmosphériques. Il suffirait de changements moindres même que ceux qu'on peut déduire des cataclysmes terrestres annoncés par saint Pierre, ou résultant, d'après les données de la science, d'une des rencontres possibles énumérées au début des présentes pages, pour que l'aspect du ciel fût, par là-même, profondément changé, et alors que rien n'eût été modifié au delà des limites de notre système solaire.

Par conséquent la fin du monde pourrait arriver dès à présent, tous les cataclysmes annoncés se réaliser, par rapport à l'homme, dans la portion de l'univers qui l'intéresse directement, et toutes les prophéties s'accomplir intégralement, sans que le surplus de l'univers en fût atteint ; il continuerait, comme si de rien n'était, en dehors de notre petit monde, sa marche normale pouvant durer encore des milliers et des millions de siècles.

Ce n'est pas tout.

Cette expression « l'Univers » doit se prendre au sens collectif. Il y a plusieurs univers ; il y en a même un grand nombre.

Si nous considérons, par une belle nuit, les nombreuses étoiles que notre œil, sans secours spécial, aperçoit au-dessus de notre tête, nous remarquons, parcourant le firmament, cette traînée blanchâtre que les anciens avaient poétiquement appelée la *voie lactée*, supposant qu'elle provenait de quelques gouttes de lait échappées au sein divin de la reine des dieux. On sait aujourd'hui que cette lueur provient de myriades d'étoiles, trop éloignées pour être perçues distinctement sur notre rétine, mais que le télescope et la photographie parviennent à dénombrer. Elle nous représente la plus grande épaisseur d'une agglomération, d'un groupe stellaire dont notre Soleil, et notre Terre par conséquent, occuperaient une position voisine du centre. Ce serait là *notre* univers.

Mais dans les interstices, dans les vides laissés entre elles par ces étoiles innombrables, le télescope découvre bien d'autres choses encore. Il constate l'existence, dans les profondeurs de l'infini, de nombreux groupes ana-logues, apparaissant d'abord comme des taches nébuleuses plus ou moins diffuses. A l'aide d'instruments plus puis-sants, beaucoup de ces lueurs ont été résolues, comme notre voie lactée, en multitudes d'étoiles ; au moyen du spectroscope, on en a distingué d'autres actuellement irréductibles en étoiles. Elles représentent, à divers degrés de concentration, la matière cosmique, des univers futurs en voie de formation.

D'où il résulte que, tandis que la loi de la conservation de l'énergie et de sa marche vers un état limite, peut en être, pour notre univers galactique, vers le milieu de son évolution, elle ne doit être que dans ses premiers com-mencements en ces lointains univers en germe.

Tant et si bien que, une fois écoulés les millions ou milliards de siècles nécessaires pour que notre groupe stellaire soit parvenu à son état d'équilibre final, d'autres univers subsisteraient, les uns approchant de leur terme, d'autres au milieu, d'autres à divers degrés du début de leur évolution ; et ainsi à l'infini, s'il plaisait au Créateur de continuer sans interruption, dans un cycle grandiose et sans fin, son œuvre créatrice, dont les Élus, au sein de la gloire, contempleraient les merveilles sans cesse renaissantes.

Ainsi de nouveaux cieux et des terres nouvelles ; après la fin de notre monde terrestre et temporaire, se succéderaient d'éternité en éternité, *ab aeterno in aeternum*, pour parler comme Newton.

Ce sont là des hypothèses. Mais ces hypothèses se concilient également avec les données actuelles de la science, comme avec ce que le dogme nous enseigne et ce que permet l'interprétation des saintes Écritures.

N'est-ce point, par là-même, un hommage que la science humaine rend à la science divine, et doit-on taxer de dangereux ou d'inutiles des rapprochements qui justifient si pleinement cette autre parole du texte sacré :

Coeli enarrant gloriam Dei, et opera magnum ejus annuntiat firmamentum (1).

(1) *Ps.* xviii, 2.

BRUXELLES. — IMPRIMERIE POLLEUNIS ET CEUTERICK

37, RUE DES URSULINES, 37

REVUE DES QUESTIONS SCIENTIFIQUES

PUBLIÉE PAR

LA SOCIÉTÉ SCIENTIFIQUE DE BRUXELLES

NOUVELLE SÉRIE

Cette revue de haute vulgarisation, fondée en 1877 par la Société scientifique de Bruxelles, se compose actuellement de deux séries : la **première série** comprend 30 volumes (quinze années, 1877-1891) ; la **deuxième série** a été inaugurée l'année dernière, 1892, et son 3e volume est sous presse.

Elle paraît en livraisons trimestrielles de 350 pages environ, à la fin des mois de janvier, d'avril, de juillet et d'octobre.

Chaque livraison renferme trois parties principales.

La **première partie** se compose d'**Articles originaux**, où sont traités les sujets les plus variés se rapportant à l'astronomie, la physique, la chimie, l'histoire naturelle, l'anthropologie, l'ethnographie, l'orientalisme, l'agriculture, etc.

La **deuxième partie** consiste en une **Bibliographie scientifique**, où l'on trouve un compte rendu approfondi et une analyse développée des principaux ouvrages scientifiques récemment parus.

La **troisième partie** consiste en une **Revue des recueils périodiques**, où des écrivains spéciaux résument ce qui paraît de plus intéressant dans les archives scientifiques et littéraires de notre temps, et se termine par l'analyse des séances de l'Académie des sciences de Paris.

Outre ces trois parties, chaque livraison contient ordinairement un ou plusieurs articles de **Variétés** ou de **Mélanges scientifiques**.

CONDITIONS D'ABONNEMENT

Le prix d'abonnement à la *Revue des questions scientifiques* est de **20 francs** par an, pour tous les pays de l'Union postale.

Les membres de la Société scientifique de Bruxelles ont droit à une réduction de **25 %** ; le prix de leur abonnement est de **15 francs** par an.

On s'abonne chez M. Oscar Schepens, directeur de la Société belge de librairie, 16, rue Treurenberg, à Bruxelles.

www.ingramcontent.com/pod-product-compliance
Lightning Source LLC
Chambersburg PA
CBHW061648180626
46818CB00003B/1007